全民微阅读系列

会说话的蚂蚁

HUI SHUOHUA DE MAYI

汝荣兴 著

江西高校出版社
JIANGXI UNIVERSITIES AND COLLEGES PRESS

图书在版编目（CIP）数据

会说话的蚂蚁 / 汝荣兴著 .— 南昌：江西高校出版社，2017.11（2021.1重印）
（全民微阅读系列）
ISBN 978-7-5493-4981-4

Ⅰ. ①会… Ⅱ. ①汝… Ⅲ. ①小小说—小说集—中国—当代 Ⅳ. ① I247.82

中国版本图书馆 CIP 数据核字（2016）第 321534 号

出版发行	江西高校出版社
社　　址	江西省南昌市洪都北大道96号
总编室电话	（0791）88504319
销售电话	（0791）88592590
网　　址	www.juacp.com
印　　刷	永清县晔盛亚胶印有限公司
经　　销	全国新华书店
开　　本	700mm×1000mm 1/16
印　　张	14
字　　数	160千字
版　　次	2017年11月第1版
2021年1月第2次印刷
书　　号	ISBN 978-7-5493-4981-4
定　　价	45.00元

赣版权登字 -07-2016-968

版权所有　侵权必究

图书若有印装问题，请随时向本社印制部（0791-88513257）退换

目录

第一辑　妈妈的礼物 / 1

母与子 / 1

妈妈的礼物 / 3

唠叨 / 6

你这个傻瓜 / 8

母亲 / 10

母亲是本书 / 12

我的父亲 / 15

外婆 / 17

三个儿子 / 21

儿子 / 22

家书 / 24

母亲节的康乃馨 / 26

叶子的心思 / 30

纪念品 / 35

逃课的秘密 / 38

女儿与母亲 / 40

第二辑　小梅的心事 / 47

"√"与"×" / 47

寒蝉 / 49

我是中学生 / 51

班里有个女孩叫小芬 / 54

一只无忧无虑的猫 / 57

会说话的蚂蚁 / 60

英雄本色 / 62

非常愿望 / 65

非常爆炸 / 68

非常控告 / 70

成人教育 / 72

小梅的心事 / 74

公园门口 / 75

始料未及 / 77

事与愿违 / 79

格格息怒 / 81

第三辑　皇帝的指甲 / 85

死而复生 / 85

天上人间 / 88

皇帝的指甲 / 91

瘦子减肥 / 93

请你抱抱我 / 95

猫性 / 98

龟兔赛跑 / 100

峨眉山的猴子 / 102

猫与鼠的爱情 / 106

一只不会捉老鼠的猫 / 109

关于克隆人的深度报告 / 111

外星人 ABCD 的地球之行 / 114

外星人 EFG 的地球见闻 / 116

外星人 HIJK 的地球奇遇 / 118

外星人 LMN 的地球艳遇 / 121

外星人 OPQ 的地球相亲经历 / 124

外星人 RST 的地球打假经历 / 128

外星人 UVW 的地球行善经历 / 133

第四辑　别人的聪明 / 138

失败 / 138

真话 / 140

等待敲门 / 143

别人的聪明 / 145

情人节的礼物 / 148

情人节的伤心事 / 150

"寂寞的鸟"与"孤独的鱼" / 152

一条男狗和一只女猫的故事 / 155

生活热线 / 157

明天我依然爱你 / 160

纸老虎 / 163

担心 / 165

回首 / 167

女同事的魅力 / 169

近水楼台 / 172

标准答案 / 174

无情的情书 / 177

嫚子的故事 / 179

第五辑　对面的女孩 / 185

民警小郑 / 185

村民单大山 / 187

对面的女孩 / 190

就这么简单 / 192

非常病人 / 195

非常邻居 / 198

仇将恩报 / 201

老人 / 204

惦记 / 206

送花姑娘的情人节 / 208

抉择 / 210

遥遥相望 / 212

请我喝杯咖啡吧 / 214

白宝石 / 216

第一辑　妈妈的礼物

这是一间属于亲情的卧房。在这里，手捧着《母亲节的康乃馨》，同时怀着《叶子的心思》和《逃课的秘密》的你，将收到这世上最最宝贵的《妈妈的礼物》。然后，身为《儿子》的你，就会在《外婆》那《你这个傻瓜》的《唠叨》声中，含泪把你那《母亲是本书》的感悟写成一封绵长的《家书》，并当作一份你最看重的《纪念品》永久珍藏。

母与子

在生命的最后时刻，几乎是在同时，母亲与儿子分别在各自的手机荧屏和笔记本上，给这世界留下了让人禁不住要热泪盈眶的生命最强音。

2008 年 5 月 12 日 14 点 28 分。

那时候华中英正在上班。

华中英是一家棉纺厂的挡车工。

会说话的蚂蚁

那时候，华中英正一边专心致志地工作着，一边不由自主地回想着吃午饭时接到的儿子强强的电话。

儿子强强告诉华中英自己昨天的数学考试又得了全班第一名。

华中英的脸上便情不自禁地堆满了喜悦的笑意。

同时——也就在这时，随着一阵天崩地裂的巨响，华中英所在的这家棉纺厂的三层楼的厂房，便在顷刻间成了一片废墟……

华中英不知道自己是在昏迷了多长时间后才醒过来的。

从昏迷中醒过来的华中英的眼前一片漆黑。

从昏迷中醒过来的华中英的全身布满了疼痛。

在漆黑里，在疼痛中，华中英艰难地试着抬了抬自己的右手。

这时候，华中英不仅发现自己的右手竟还能动，而且手中竟还握着吃午饭时曾接过儿子打来的电话的手机。

于是，在无边的漆黑里，在不尽的疼痛中，也不知用了多长的时间，华中英在自己的手机荧屏上，给儿子强强留下了这样一行字——

儿子，妈妈永远爱你……

2008年5月12日14点28分。

那时候强强正在上课。

强强是初中二年级的学生。

那时候，强强正一边认认真真地在笔记本上记着语文老师的课文讲解，一边不由自主地回想着吃过午饭后妈妈在电话里跟他说的话。

妈妈告诉强强考试又得了全班第一名可不能也不许骄傲。

强强的脸上便情不自禁地堆满了幸福的笑意。

同时——也就在这时，随着一阵天崩地裂的巨响，强强所在的

第一辑　妈妈的礼物

这所学校的五层高的教学大楼，便在顷刻间成了一片废墟……

强强不知道自己是在昏迷了多长时间后才醒过来的。

从昏迷中醒过来的强强的眼前一片漆黑。

从昏迷中醒过来的强强的全身布满了疼痛。

在漆黑里，在疼痛中，强强艰难地试着抬了抬自己的右手。

这时候，强强不仅发现自己的右手竟还能动，而且手中竟还握着自己先前记笔记时用的那支圆珠笔。

于是，在无边漆黑里，在不尽的疼痛中，也不知用了多长的时间，强强用自己手中的那支圆珠笔，在应该就是自己的笔记本的手边的一个本子上，给妈妈留下了这样一行字——

妈妈，儿子永远爱你……

三天后，救援人员分别在那家棉纺厂和那所学校的废墟下找到了华中英和她的儿子强强。

那时候的华中英和她的儿子强强都已经没有了生命的丝毫迹象。

然而，哪怕是一万年之后，人们也一定都能清晰地听到这对母子在各自那血迹斑斑的手机荧屏和课堂笔记本的纸上，给对方留下的生命的最强音——

儿子，妈妈永远爱你！

妈妈，儿子永远爱你！

妈妈的礼物

一部老式的手机、一张记录着一个年轻女人那成弓形的身躯的照片，让十八岁的女儿看到了天堂里的妈妈那种天底下最无私、最

会说话的蚂蚁

博大的爱。

今天是 2026 年 5 月 12 日。

今天是我十八岁的生日。

是的,今天——今天我已经十八岁了!今天我已经成人了!

此时此刻,多少的往事,多少的感想,多少的酸甜苦辣喜怒哀乐,不禁一齐涌上了我那已经十八岁的心头……

其实我是个从未见过妈妈的面的女孩。

爸爸说,在我很小很小的时候,妈妈就已经去了天堂。

但爸爸总是不肯告诉我为什么我的生日是 5 月 12 日而不是 2 月 16 日。

实际上,早在读小学二年级的时候,在一个偶然的机会里,我便在我家那本我同样不知道原因而旧得纸张都已发黄起皱、甚至连上面的字迹都已模糊了的户口簿上,知道了我的出生日期其实是 2008 年 2 月 16 日,并知道了我妈妈的名字叫夏中英。

可是,从我懂事起,我却一直记得爸爸给我过生日的时间,总是雷打不动的每年 5 月 12 日。

爸爸说,反正这一天才是你真正的生日。

爸爸还说,反正你必须永远记住这一天。

好吧,爸爸,我听你的。

事实上,这十八年来,我始终是个听爸爸的话的好女儿。

可能正因为如此吧,就在昨天晚上,爸爸边满是慈爱地抚摩着我的肩膀,边用无比深情的口气告诉我:今天,他要送我一件这世上最最珍贵的十八岁的成人礼物!

现在是下午的十四点二十八分。

哦,此刻,爸爸已经将他的礼物用双手递到了我的手上!

第一辑　妈妈的礼物

爸爸的礼物用一块洋溢着生命的气息的绿布包裹着，外面系着一条同样充盈着生命的情怀的红丝带。

我便小心翼翼地先解开那条红丝带，然后一层又一层地翻开那块绿布……

于是，一部现在已经很难见到了的老式的手机便出现在了我的眼前，而在这只实在是太老式了的手机的屏幕上，竟还十分醒目地显示着这样一行字：

"亲爱的宝贝，如果你能活着，一定要记住我爱你！"

与此同时，爸爸又让我看放在手机下面的一张显然时间已经很久又显然保存得非常好的照片——照片上是一片废墟。在这片废墟中，一个年轻的女人，用她那成弓形的身躯，抵挡住了似乎来自全世界的断梁残墙，而她的身下，则安然地睡着一个应该还不满3个月的孩子，孩子的胸口，就放着那只现在已经很难见到了的老式的手机……

女儿，这就是你的妈妈，她的名字叫夏中英。爸爸说。

女儿，这就是我今天要送你的礼物——不，这是你的妈妈送你的礼物，生命的礼物。爸爸又说。

女儿，这事发生在十八年前的2008年5月12日28分……

今天是2026年5月12日。

今天是我十八岁的生日。

今天，今天……哦，妈妈，天堂里的妈妈，我最亲最爱的妈妈，请你放心，你的那种天底下最无私最博大的爱，不仅将陪伴我一生，更将指引我去怎样做人、做怎样的人……

然后，双手紧握着妈妈的那只手机，泪流满面的我，对着那张记录着我的生日来历的照片，给妈妈，给天堂里的妈妈，给我最亲最爱的妈妈，轻轻唱了这样一首歌——

5

会说话的蚂蚁

……
噢,妈妈,烛光里的妈妈
你的脸颊印着这么多牵挂
噢,妈妈,烛光里的妈妈
你的腰身倦得不再挺拔
噢,妈妈,烛光里的妈妈
你的眼睛为何失去了光华
妈妈呀,女儿已长大
……
妈妈,相信我
女儿自有女儿的报答
……

唠 叨

一声又一声絮絮地唠叨中,饱含着母亲浓浓的情与爱;一遍又一遍眷眷的怀念里,交织着儿子深深的痛和悔。

他一直很厌烦母亲的唠叨。

母亲也真是够唠叨的。每次他出门,母亲总会啰里啰嗦个没完:路上要小心啦,提包要随身带啦,饭要吃饱啦,夜晚别一个人走出去啦,等等等等,仿佛他是个三岁的小孩子似的。而一进入秋天,只要听到门外响起了一点风声,母亲就会又一而再再而三地叮嘱关照个不停：你该多穿一件衣服了呢，你那双保暖鞋我已经给你晒过，你快脱下皮鞋穿保暖鞋吧……

"知道啦！我知道啦！"因为厌烦，他就常常会这样回答母亲的唠叨。有时，实在有些受不了，他还会这样顶撞母亲一句："你别再唠叨了好不好！"

然而，母亲似乎并不知道他的厌烦，对他的顶撞，母亲也总是宽容到了充耳不闻的地步。而她的唠叨声，则始终一如既往地在他的耳边回响着：你那药吃过了么？医生关照这药一天吃四次你吃几次啦？还有，你今天给自己量过体温没有？医生要你多喝一些开水你记得么？另外……

没办法，他便只得每天提早上班，推迟下班。这样就可以少听些母亲的唠叨，耳边清净些。

后来，母亲生病住进了医院。没想到的是，躺在病床上的母亲，尽管已经气息奄奄，可她还是没有忘记她的唠叨：你出来时是不是记得关门呀？你今天早饭吃了什么？你的咳嗽是不是好一点了？

这个时候，他当然是不忍心再顶撞母亲了，就用一律的点头来做回答。但他的心里，其实还是有些厌烦母亲的唠叨的——唉，老人哪！

这之后的一天，母亲终于不再唠叨了，一块白布，严严地盖住了母亲的面容，也严严地盖住了母亲的唠叨……

他叫了一声"妈妈"，然后就失去了知觉。

等他醒过来的时候，家里已没有了母亲。

从此，他的生活中便不再有母亲的唠叨声了。但不知怎的，他却突然非常非常想念起母亲的唠叨来了——没有了母亲的唠叨，这家，这日子，是多么的寂寞、孤独和冷清呵！

因此，每次出门时，他总迟迟不想离家。他多么希望能在这个

7

时候听听母亲那"路上要小心"的唠叨呀。秋风乍起时,他手中的那件风衣常常会拿起又放下,拿起又放下,他多么想在听了母亲的唠叨后再把这风衣穿上……

于是,那年的清明这天,在母亲的坟前,他便一再唠叨着一句同样的话:"妈妈,我是来听你的唠叨的呀……"

你这个傻瓜

父爱如山。父亲的爱真的是一种别样的爱,在你真切又深切地体味到这种爱的时候,你可能唯有泪雨滂沱。

面对父亲的遗体,在这应是悲天怆地的时刻,我竟满脑子全是父亲平时常常朝着我挂在嘴上的那句"你这个傻瓜"!因此,尽管我当时是很想很想为将永远不能再见到父亲了而痛哭一场的,可我就是一时没法让自己的泪腺决口……

事实上,从我很小的时候起,我便听惯也听恼了父亲的那句"你这个傻瓜"。我学走路摔了跤,双膝被石头磕出了血,正疼得龇牙咧嘴,父亲却全然不顾,只是一个劲地在旁边说我:"眼睛作什么用的?你怎么就看不见前面的石头?你这个傻瓜!"有时候,因为贪玩,我会将自己弄得满头满脑都是污泥,或是连吃饭的时间都给忘了,对此,看一眼正在忙上忙下地为我擦洗或者是盛饭夹菜的母亲后,父亲不但不会过来伸手帮一把,还总要不冷不热地来一句:"污泥涂在脸上很舒服吧?你这个傻瓜!"或者是:"肚子长在自己身上,是饱是饿难道就没个知觉么?你这个傻瓜!"甚至,上学后,每当

第一辑　妈妈的礼物

我拿着常常是全班最高分的考试卷回家来，很想在听过老师的表扬后再听几句家长的夸奖时，父亲也总是对那分数及分数旁老师特意注明的"第一名"做出视而不见的样子，只顾手指着我做错了的地方，毫无商量余地地道："这儿怎么会做错的？"倘是那试卷上找不出错处，他则会吹毛求疵地点点我写的字，瓮声瓮气地说："这字怎么写得跟蚯蚓似的？"而紧接着，他自然又是脱口而出的一句："你这个傻瓜……"

总之，"你这个傻瓜"仿佛是父亲唯一会说的话，也是他对我的唯一的评价。

于是，从懂事那天起，我的内心里便自然而然地对父亲没有了应有的好感，至少是有些敬而远之。哦，父亲，你开口闭口老是说我傻瓜傻瓜的，莫非我不是你儿子吗？你这样横一声傻瓜竖一句傻瓜，我不是傻瓜也会被你说傻瓜的呢！哦，父亲，你为什么就不能像母亲一样的疼爱我、呵护我、无微不至地照顾我、把我当作你的心肝宝贝掌上明珠呢？

因此，说句心里话，在没有了父亲的日子里，我反而觉得也少了一份压抑，或者说是负担，或者说是哀怨。

这之后，在我体内骨骼生长发育的拔节声里，有关父亲的信息，也便随着早已消失了的父亲的身影，一点一点地离我远去……

然后我长大了并成了家。而且，一年之后，我便有了儿子，也就是说，我也做上了父亲。

那天，在医院里，见到刚从他娘胎里钻出来的儿子的刹那间，我只觉得浑身的血液都在这瞬间燃烧了、沸腾了甚至是爆炸了，那种为人父的激动、喜悦和亢奋，令我只差一点要如中举的范进那样当场晕过去！哦哦，儿子，我的儿子，父亲我怎样才能表达对你的深爱和真爱呢？

会说话的蚂蚁

这时，仿佛懂得我的心情一般，只见原本正静静地躺在他母亲怀中的我那儿子，忽然眯缝着眼睛，冲我做了个笑的表情，这同时，只听见老婆在欢天喜地地大叫："哇，尿啦，我家乖宝宝尿尿啦……"

我就忍不住在一旁哈哈哈大笑了起来。然后，也说不清是怎么回事，我竟一边从老婆身边抱起儿子，一边冲儿子脱口说了这么一句："哦，你这个傻瓜！"

也就在这时，我突然下意识地浑身一怔：这……这不是父亲常说我的一句话么？！

于是，就在儿子从医院回家的那天，我去了父亲的墓地。跪在那儿，我只顾一个劲地这样自言自语着："我是个傻瓜！我真是个傻瓜！我是天底下最傻最傻的傻瓜……"

说这些时，我的脸上已是泪雨滂沱。

母 亲

一篇堪称文情并茂的作文引出一个让人意想不到的故事，故事里装着满满的对母爱的温暖的渴望。

在那堂语文课上，我给学生布置的第一篇作文的题目，是《我的……》，并提出了这样的写作要求：文章必须写一个人，而且这个人必须是你家里的人，如爸爸啦、妈妈啦、爷爷啦、奶奶啦……也就是说，你的文章的实际标题，应该是《我的爸爸》什么的。

那是我新接手的一个班级。我让学生写这样的一篇作文，是经过了考虑又考虑、衡量再衡量的。我很希望能以此来个"一箭双雕"：

第一辑　妈妈的礼物

既可通过这样的一篇作文看出学生的写作功底，又能从中了解些我真的还很不熟悉的每个学生的家庭情况。

从第二天收上来的学生作文看，我的目的无疑是如愿以偿的。而在全部的四十八篇作文中，给我印象最深的，是一位名叫王小妮的女生写的《我的母亲》，这是篇堪称文情并茂的好作文，其感情十分真挚强烈，描述非常细腻动人，语言也很是流畅优美……我还从中知道了王小妮的母亲不仅"长得不管谁见了谁就会合不拢眼睛的美丽"，而且"对我的爱是什么都不能替代，是我这一生一世永远也没法报答的……"在文章的结尾处，王小妮还这样动情又深情地写道："母亲，您是阳光，您是雨露，因为有着您这阳光的照耀，有着您这雨露的滋润，所以，纵然我只是一枝小草，最终也一定会长成一棵参天大树！"

说真的，读罢王小妮的这篇作文，一直被丈夫批评为"硬心肠"的我，泪水却如断了线的珠子似的，怎么也忍不住了。

然后，我便在第二天的语文课上含着眼泪给全班同学朗读了王小妮的作文。

没想到的是，下课后，我前脚刚踏进办公室，语文科代表李丽莉后脚就跟进了门来，而且，她开口就是这样的一句："老师，王小妮的作文是抄来的！"

"抄来的？从哪儿抄来的？"

"我现在还不清楚。"

"那你凭什么说王小妮的作文是抄来的？说话可一定得有根据……"

"我当然有根据——因为，王小妮根本就没有母亲！"

什么？！我一时间真是有些手足无措起来了。我简直不敢相信李丽莉的话——王小妮怎么可能没有母亲呢？她在王小妮的笔下是

11

会说话的蚂蚁

那样的生动可感又真切可信的呀!

这时候,李丽莉便一五一十地告诉我,说她跟王小妮是邻居,说王小妮出生才八个月,她的妈妈便丢下她,跟着一个老板到南方去了……

哦,这下我当然是不能不相信王小妮没有母亲的事实了。那么,王小妮的作文到底是不是真是抄来的呢?她又是从哪儿抄来的呢?

同样是考虑又考虑、衡量再衡量之后,我就将自己实际上还并不认识的王小妮找进了办公室。

王小妮长得很是瘦小,身穿一件显然并不合体的夹克衫——这似乎在为她的没有母亲作着注解。不过,关于那篇作文,她却断然否认自己是抄来的。而当我忍不住将李丽莉告诉我的情况说出口后,她便哽咽着对我说道:"老师,正因为我从懂事的那一天起便从来没见过自己的母亲,所以我时时刻刻都在想象着母亲的样子,都在渴望着能得到母爱的温暖……"

"别说了,小妮,老师……老师我今后一定会像待自己的孩子那样地待你的……"

没听完王小妮那哀怨又深情的诉说,我便忍不住这样对她说道,与此同时,我情不自禁地一把将王小妮搂进了自己的怀中。

母亲是本书

在一个大而又大的雨天,你读到了母亲这本厚而又厚的好书。于是,你便成长并成熟为了一个真正意义上的读书人。

第一辑　妈妈的礼物

那天的雨真大，大得就是用"瓢泼"这样的形容词，也是根本没法加以准确地概括和描述的。真的，倘仅仅是"瓢泼"，这雨又怎么可能在一夜之间，便将所有可供溜旱冰之用的街道全变成了能划船的河流呢？

母亲就是在我如此这般地站立于窗前对着那雨发呆的时候，出现在我湿淋淋的视线中的。刹那间，我便自然是要呆上加呆了：从老家到我这儿虽不算很远，也还有班车可乘，但从家到车站至少得走二十分钟，下车后到我这儿又没二十分钟不行，光是这加起来的四十分钟路，在这么大的雨中，母亲是怎么走过来的呢？

不用说，母亲那虽然撑着伞，却活脱脱刚从河底钻出来一般的模样，已说明了一切。

因此，慌忙将母亲迎进屋后，我就忍不住心疼地脱口埋怨了起来：这么大的雨，你就是有天大的事，也该等这雨停后再来嘛！

嗯，这雨是大了点，好像我活这么大也没见过，可也不过是湿了身衣裤嘛。母亲这样回答我的埋怨。她的口气显得很轻松，甚至，她还边拧着头发梢上的雨水，边笑着告诉我：记得生你的时候，我出的汗也有这么多呢。

然后，母亲便接过我递上的干毛巾在身上一搭一搭地擦起来，这同时，她的嘴也没闲着，且是换了种沉重的口气道：嗨，昨天后半夜，大头家那刚上梁的新房子，叫这雨给一下淋塌了呢。

听了母亲这话，我不禁立刻接口道：塌了好！也该塌！这就叫恶有恶报呢！

大头家与我老家是隔壁邻居。半个月前，我表妹特地进城来找我，说是大头家在翻造新房时，竟侵占了我家的地基，而且，当我母亲前去制止和说理时，他们一家居然仗着人多势众，把个已经六十多岁了的老太太推来搡去的——我为此专门跟单位请了假回了趟老家。

会说话的蚂蚁

那时，母亲在我面前是委屈和伤心得成了泪人呢！

说真的，对于老家的地基被占，我倒是毫不在乎的，但大头家会如此这般对待我那儿子出门在外的母亲，实在令我气愤至极又耿耿于怀。因此，此时此刻，我心中便难免要有种消气解恨的快感。

但母亲似乎和我想的并不一样。在喝了口我倒的热水后，她望着我道：我知道你在银行有同学还有朋友，我这次来，就是想让你想办法为大头他们去弄点贷款，好让他们家把那房子再造起来。

什么？你是为这事才冒了这么大的雨来的？是不是他们叫你来的？

这倒不是。他们也可能还不好意思跟我开这个口。但我知道，昨天半夜的轰隆一声，已让他们完了，他们也肯定是没法借到能把房子重新造起来的钱的，所以……

他们完了，他们借不到钱，都与我无关！

话可不能这么说。总归是邻居，低头不见抬头见呀。

邻居？他们把你当邻居么？你难道忘记他们在十几天前是怎么对待你的么？

不忘记又怎么样呢？以前是以前嘛。

不，村里无论谁家有事，我都会尽力去帮，就他们家的事，我懒得费那个心！

说到这儿，我差不多是生起母亲的气来了。

可我没想到的是，这时的母亲，竟比我生她的气还要大地生起了我的气来：就算是我在求你，还不行么？！

然后，母亲又气咻咻火凛凛地补了一句：亏你读了那么多年的书，肚皮里却还是小鸡肠子！

这么说着，我发现母亲竟红了眼睛！

我于是慌了，就情不自禁地拉紧了母亲的手，颤着叫了声：妈……

第一辑 妈妈的礼物

如今，我听说村里人都在夸我到底是个读书人，所以能不讲恩怨，不计私仇。而这里，我想告诉大家的是：那是因为在一个大而又大的雨天，我读了母亲这本厚而又厚的好书。

我的父亲

关于父亲的这"一件事"虽然真不是大事，更与惊天动地之类无关，却足以让你因此长成一个"叫人敬你服你的爷们"。

我一直忘不了要说说我父亲。

我只说我父亲的一件事。

这事得从大块头说起。大块头当然长得身高马大。大块头不仅长得身高马大，都说他喝起酒来也身高马大。大块头是我父亲那儿出了名的"灌不醉"。

灌不醉？听说了其人其事以后，我冷笑了。

那时候我刚随母亲调到父亲那儿。那时候我十八岁。

十八岁当然是最聪明的年纪，也是最好事的年纪，又是最喜欢搞点儿恶作剧的年纪。

于是，经过一番精心的筹划以后，我便拎了四瓶贴着标有六十度字样商标的老白干，找到了大块头。

来，爷们陪您喝个痛快！我把这四瓶老白干一分为二，满是豪气又满是傲气地这样对大块头说道。

大块头显然对我很有点儿诧异。他的脸上一时曾写着"不可思议"四个无形的大字。但他又显然很喜欢我的勇敢或者说是"爷儿们气"。

会说话的蚂蚁

于是，他当即脸上换了神色，同时拿出了酒杯。

这样，我便跟他各自操起自己那边的酒瓶，往酒杯里倒起酒来。

我们一杯接一杯地"咕嘟"着。

我们还边"咕嘟"边说着些"酒逢知己千杯少"之类的话儿。

然后，我们各自的两个酒瓶子都很快见了底。

这时候，大块头唱起了歌来。歌当然是从他的嘴里唱出来的，但那嘴里似乎已没了舌头。

大块头还边唱边笑边哭边手舞足蹈，同时呜哩哇啦地说着一些也许只有外星人才能听得懂的话儿。

没错，大块头醉了。大块头那"灌不醉"的神话终于被我轻而易举地破了。

而我，除了肚子里微有鼓胀的感觉以外，别的一切如常。我脸不改色心不跳。我更没有唱出不经舌头翻译的歌来，也没说出只有外星人才听得懂的话来。

因为——我那两个酒瓶子里装的是白开水！

我便笑得非常非常的得意。

然后，我就将我那非常非常的得意告诉了我父亲。

我想我父亲也一定会非常非常得意地夸我一声的。

我清楚地记得，在我刚懂事的时候，我父亲便时常教导我一定要长成一个"叫人敬你服你的爷们"。

然而，在听完我的"得意"之后，我父亲却一下子歪了脸甚至还歪了鼻子。他的眼睛刹那间瞪得比鹅蛋还要大还要白。接着，他就一把揪住我的衣襟，朝我低低却又沉沉地吼了一声：听着，你小子要真是个爷们，就拎两瓶地道的，当大块头的面一气儿喝下去！

这……我当然想不到会是这样的一个结局。

不过，后来，我真照我父亲说的那样去做了……

> 第一辑　妈妈的礼物

哦！我相信你是一定知道我为什么一直忘不了要说说这件事的原因的。

外　婆

虽然外婆真的也有过错，但她确确实实是个最慈祥不过的老太太。因此，我们永远永远都会记着她老人家那一脸最慈祥不过的神色。

我外婆是个最慈祥不过的老太太——这话光由我说当然是不太能令人信服的，好在村里的男男女女、老老少少也都个个打心眼里是这么看和这么说的。这也就是说，我外婆她确确实实是个最慈祥不过的老太太。

当然，这又并不是说我外婆是个完美无缺的人。不，所谓"人非圣贤孰能无过"，作为一个地地道道的农家女子，而且还是个大字不识一个的农家女子，如果有谁想去我外婆身上找过错，那无疑也是能找出来不少甚至是很多的。但这对我外婆那最慈祥不过的老太太的形象，又不会有任何的影响，就像我母亲虽然一直来都在恨着我外婆，可她又始终深爱着她的母亲一样。

说起来，我外婆这一生所犯的最大过错，无疑便是对她的第三个女儿，也就是我母亲的婚姻大事的毫无商量余地的干涉和自作主张了。事实上，在当年的农村，我母亲是完全可以算得上一个新女性的：她积极参加土改，积极上夜校读书，积极……直到积极争取婚姻自由。可我外婆虽然对我母亲的参加土改、上夜校读书等等都一律支持，但对我母亲的要自己找对象，她却自始至终持的是一百个不答应的态度。"不行，这事决不能由着你！这事无论如何都得由我做主！"我外婆斩钉截铁地这样告诉我母亲。而且，在我母亲以寻死吊活的方式跟她抗争时，她就用同样的办法来对付我母亲，甚至还有过之而无不及——那一天，由于我外婆已不管三七二十一地对我母亲的终身大事做出了最后的决定，我母亲就说要去跳河，而我母亲怎么也想不到的是，我外婆却在她的话音还没落下的时候，早就"扑通"一声，实实在在地跳进了家门口的那个河荡里！结果，所谓胳膊拧不过大腿，我母亲最终就只好屈从，只好带着对我外婆的无限怨恨，红肿着如被水浸泡过的葡萄一样的双眼，来到了我家……

不用说，这一切都是我母亲告诉我的。不过，要是你以为我会因此而也恨上了我的外婆，那你可就大错特错了。不，我并没有足够的理由去恨我的外婆。或者换句话说，我有的是爱我外婆的更充分的理由——因为，我外婆是那样的爱我。是的，在我外婆所有的8个孙子（女）和外甥（女）中，我是她最最最关心和呵护的一个。我是在我外婆的怀抱中长大的。外婆从来都不曾骂过我半句。外婆有什么好吃的，就一定会首先想到要留给我吃。外婆……甚至，我还是我外婆用来回答我母亲对她的怨恨的一块挡箭牌。

我记得很清楚，在我刚开始懂事的5岁那年的一天晚上，我母亲因为再次遭受到她丈夫，也就是我叫他父亲的那个人的毒打，她就只好拉着我悲悲切切地高一脚低一脚逃回娘家，然后，她便一边"呜呜呜呜"地哭个不停，一边再次愤怒声讨正在给她擦着额头上的血污的我外婆："都是你！都是你把我推进了火坑……"

没想到的是，这时候，虽然我外婆的眼里也满是亮晶晶的泪水，可她却一边摸着一直躲在她怀中的我的头，一边冷冷地这样对我母亲说道："你也要想想，要不是我不好，你可能就不会有阿荣（也就是我）这么乖、这么聪明的儿子呢……"

我外婆说我乖、说我聪明，倒是一点都不假的。特别是在后来上学后，我的乖和聪明就更是村里人有口皆碑的了。而我在学校里每一次考试得的好成绩，也就自然而然地成了我外婆用来叫我母亲不要再怨恨她的充分理由。"你看，阿荣又让老师给表扬了，你还有啥不满足的！"我外婆常常会或被动或主动地这样对我母亲说……1978年的春天，我成了全国恢复高考制度后村里的第一个大学生，于是，在我临去学校报到前的那一天晚上，我外婆又很是正经也很是高兴和动情地对我母亲说道："我知道，这二十多年来你一直都在恨着我当年对你做的事，可是你看，阿荣这么争气，这么有出息，你也该感到苦尽甜来了呀……"

听了外婆的话，再看看悲喜交加的一旁的母亲，早已从母亲先前的含泪叙述中明白自己的真实身世的我，真有点不知道自己到底该跟已经老了的外婆说什么是好。

是的，我外婆真的是已经老了，而且是越来越老了。

于是，在我正式参加工作后的第10年的那个冬天，88岁高龄的我外婆，就像一盏经年累月用个不停的油灯，终于到了油尽灯灭的时候。接到我母亲打来的外婆病危的电话，我就连夜叫车赶回老家。

我母亲那时候正在外婆家里一边含着泪一针一线地给我外婆做寿衣，一边等我。"外婆她怎么了？"见到母亲，我一开口就这样问道。"你不用着急，你是她最牵肠挂肚的一个人，不见到你，她是不会合眼的。"我母亲这样告诉我。

接着，我便急着要去外婆房里看我那最后的外婆。这时候，我母亲却拉住我的手，悄悄而又坚决地对我说道："去，我跟你一道去，我还要告诉她你的事情。"

"不！不要！"听了我母亲的话，我几乎是本能地立即否定道。

19

会说话的蚂蚁

我当然知道我母亲要告诉我外婆的是我的什么事情。我觉得这对我外婆，特别是此时此刻的我外婆，实在是很不合适甚至是很残酷的。

可我母亲并没有理会我的反对。她说："不，我要是再不跟她说这件事就没有机会了，而且，不让她知道这件事，我是死都不能瞑目的！"

很显然，我母亲还在对我外婆耿耿于怀着。唉！没办法，我就只好……

在最后见到我外婆的那十来分钟时间里，我算是真正知道什么叫"回光返照"了。我外婆一直拉着我的手，脸上漾着那种一如既往的最慈祥不过的笑意。我外婆还不住地问着我女儿、我妻子、我工作……的情况。

这时候，旁边的我母亲终于开了口，对我外婆说道："妈，阿荣其实是我和……"

"我知道。"没想到我外婆不但显得十分的平静，还不等我母亲将话说完便接过了那话头。接着，已明显有些吃力的我外婆，又对我母亲说道："别人可能……不清楚，我还能不知道……阿荣是你和谁的儿子？我一直来这么……这么疼阿荣，就是为了……为了弥补我对你……对你的……"

我外婆并没能将她想说的话全部说完。

是的，我外婆就这样走了，带着她老人家那一脸最慈祥不过的神色永远地走了。为此，直到如今，只要一提起我外婆，我母亲就会情不自禁地泪流满面，而我，我心里则时刻都在这样深深地呼唤着——

"外婆……"

三个儿子

这是一曲另一版本的"世上只有妈妈好"。轻轻地哼唱着、体味着,我们的心头就会既充满着温暖又充满着力量。

三个儿子是三胞胎。

三个儿子分别叫作小红脸、小白脸和小黑脸。

三个儿子对待母亲的态度各有特点——小红脸喜欢赞母亲的长处,小白脸喜欢说母亲的不是,小黑脸则喜欢不声不响地替母亲做事。

话说三个儿子都长大了。

儿子长大了,做母亲的便有了心事——家里才两间房子,三个儿子怎么在此成家立业呀?

母亲思虑了又思虑后,便准备将其中的一个儿子嫁出去。

只是,嫁谁出去好呢?

母亲首先想到的是小白脸。

小白脸老是揭我的短,还是把他嫁出去吧。

不过,在一不留神烧了一顿一塌糊涂的饭后,母亲却因没听见已知道自己要被嫁出去,所以变得默默无语了的小白脸的批评,而觉得很不是滋味:嗨,由于我的过错而害得大家吃苦,要有谁说我几句,我才可心里过得去呀!

母亲便知道自己身边是少不了小白脸的。

那就把小红脸嫁出去吧。我虽有长处但绝不全是长处,又怎么能老说我好呢?

只是，那天，见儿子们吃着自己最拿手同时也是他们最喜欢吃的醋熘鱼片时，母亲又因谁也不说一声好吃，而心里难受了起来：为什么就没有人给我点鼓励呢？

看来小红脸同样是少不了的。

至于小黑脸，哦，要是没有了踏踏实实的小黑脸……不，小黑脸无疑也是不可少的呀！

就这样，母亲终于明白了：小红脸、小白脸和小黑脸都是不应该嫁出去的，这才是一个家，一个完完整整的家呀！

于是，母亲就将三个儿子一齐叫到自己身边，她一边拉紧了儿子们的手，一边深有感触地对三个儿子道：你们各是我生命的一部分，你们谁也不能离开我。虽然，我家的房子是少了点，但只要我们同心同德，齐心协力，我们便可以再添造新的呀……

母亲这番话温暖并舒畅了三个儿子的心，他们就异口同声地深情告诉母亲：我们是多么的爱您呀，妈妈！

儿 子

一位身为军人的儿子，一个归心似箭又半途而废的故事，诉说着一份浓烈而细腻的家国情怀。自古忠孝难两全，从来大爱无怨悔。

史斌以参加越野赛的速度跑到了汽车站。

从火车站到汽车站其实是有公交车可乘的，但史斌实在舍不得浪费等公交车的那几分钟时间，再说，曾两度夺得全国五公里越野赛第一名的史斌，自信公交车的轮子也并不会比他的腿快，所以他一出火车站就直奔汽车站了。

此时此刻，史斌真有些归心似箭。在他那迷彩服的上衣口袋里，放着家里在一个星期内连续发来的三封电报：先是"母亲病了"，后是"母亲病重"，再是加急的"母亲病危"。史斌因此很有些担心自己是不是还能见上母亲她老人家的最后一面。

在先前那整整两天两夜的火车上，史斌的眼前几乎没一刻不浮动着母亲的身影。母亲劳碌了一生，母亲这一生的艰难和辛苦，也只有三岁时就没了父亲的史斌心里最最清楚。哦，母亲，您可无论如何要坚持住，只需再坐四个小时的汽车，儿子我就能来到你的身边了呢！

站在汽车站排队买票的行列中，想着母亲的点点滴滴，史斌的眼眶不由得潮湿了起来。

但就在快轮到史斌买票的时候，汽车站售票厅中的电视机里突然响起了这样的声音："九江城防大堤决口！党中央、中央军委……"

史斌先是猛地一惊又一怔。然后，似是每天清晨在营房里听到了集合的号声一般，史斌只觉得浑身一个激灵，同时利索地将早就握紧在手心中的准备买汽车票的钱塞回了自己的口袋，接着，他便下意识地大步冲出那售票厅，来到了车站广场上。

天正唏里哗啦地下着雨。实际上这雨一直就这么下着，但史斌先前从火车站一路奔跑过来时竟没有发觉。而现在，史斌则不仅真真切切地感受到了这雨声，而且似乎还同样真真切切地听见了长江那肆无忌惮的哗哗哗的洪水声……

于是，或许曾有过那么几秒钟的犹豫，但犹豫过后的史斌，马上便扑向了车站广场边上的那个公用电话亭。

史斌拨的是他所在部队的电话。电话终于通了。而当电话那头传来部队已接到紧急命令，正在整队奔赴九江前线的声音后，史斌只说了一句"算上我一个"，就挂上了电话听筒。

会说话的蚂蚁

然后,又是以参加越野赛的速度,不,甚至比那速度更快,史斌便从汽车站回到了火车站,并按着自己一路上定的方案,立即买了一张直接去九江的火车票——史斌知道,也只有这样,自己才能赶上部队,赶上抗洪……

现在,史斌乘坐的那趟列车已经启动。在"咔嚓咔嚓"的车轮声里,史斌的眼前不禁又浮现出了母亲的身影——哦,母亲,儿子不孝,但儿子不能不忠,因为我既是您的儿子,又不仅仅是您的儿子呵……

坐在离母亲正越来越远的火车上,史斌默默地在跟他那或许将再也听不见她的声音了的母亲说着话,与此同时,史斌的眼眶不由得再次潮湿了起来。

家 书

往来的五封家书,真可谓封封纸短情长;字里行间那跳动着的儿子心与父母心,直叫人感慨其博大又感佩其高尚。

父母亲大人:

你们好!上次我出差途中回家小住,见母亲病恹恹的样子,很是挂念。不知她老人家现在可好些了?

目前,我的研究工作已到最后关键,我将用自己的全副身心去做好那最后的冲刺。我还将用我的研究成果来报答父母的养育之恩。

匆匆即此。

祝母亲早日康复!

儿 爱华

第一辑　妈妈的礼物

三月五日夜

华儿：

来信收到。尔母业已康复，且已能做饭、喂猪。家中一切均安好。望吾儿全心全意做好本职工作，亦盼吾儿早日传来成功佳音。

父字

三月十三日

父母亲大人：

你们好！不知不觉中又过去三个多月了，家里都好吗？

这里我要告诉你们一个好消息：我的研究已顺利完成，而且，我的研究成果将很快应用于我们的国防事业！我也要因此谢谢你们，因为，在我的成功里，也浸透了亲人的关注和鼓励！

随信寄上我托人从吉林带回的长白山人参四枝，请父母亲补补身子吧。

我马上又要投入一个新项目的研究工作。可能又要过很长时间再与你们联系了。

祝父母亲安康！

儿　爱华

六月二十九日夜

华儿：

信及人参一并收到，只可惜尔母已长眠地下，不能食儿之人参矣！

其实，接儿三月五日来信之时，尔母已病重。然尔母虽颇有见儿最后一面之心，因念儿重任在肩，乃再三嘱吾瞒其病状……

呜呼！尔母既已去矣，人死不能复生，望儿善自珍重。古人云："先天下之忧而忧"，吾儿当切切牢记。

父字

七月七日

敬爱的父亲：

　　读着父亲的来信，儿真如听到晴天霹雳一般……母亲她老人家竟这样地去了！儿子却未能送她……

　　父亲，请将这枚奖章供奉的母亲的灵前吧！这是人民对我的科研成果的奖励，就让它陪伴在母亲她老人家的身旁……

　　请父亲放心，我一定会尽自己的全部努力去完成新的任务，以告慰母亲的在天之灵！

　　父亲保重！

儿　爱华

八月一日夜

母亲节的康乃馨

　　母亲节的那一枝鲜艳的康乃馨，见证的既是儿子的成长，同时也是妈妈的成长。沟通与理解，才是打开心门最可靠的钥匙。

　　为什么我在家里总是跟儿子话不投机，很多时候甚至还要弄得像冤家对头一样，而在网上，在聊天室里，我又能和跟儿子同样年龄的孩子那样谈得来，甚至可称得上是那样心心相通呢。刘女士真有些不明白，她实在是太不明白了。

　　刘女士是禾城的一名机关干部，她儿子东东眼下正在读高二。虽说由于做生意的丈夫常年在家的日子少外出的时间多，所以使得这个家庭好像有点美中不足，可总的说来，一个机关干部的母亲和

第一辑 妈妈的礼物

一个高中生的儿子在一起，应该是其乐融融有滋有味的吧！

当然，刘女士跟她儿子曾经是这样的——不错，是曾经。因为，也说不清楚是从什么时候开始的，刘女士发现儿子东东已不是从前的那个东东了：他老要跟她顶嘴，跟她抬杠，跟她唱对台戏；他总是嫌她唠叨，嫌她管得太多，嫌她不理解别人……"看来你是只会做干部不会做妈妈呢！"一次，在她与儿子为星期六的晚上他到底是不是可以出去"自由活动"的事脸红耳赤地大吵了一场之后，儿子竟然一边我行我素地坚持要出门，一边在临出门时硬生生地丢给她这样的一句话！

刘女士忍不住哭了。她又怎么能不伤心呢？所谓可怜天下父母心，而今我的这颗母亲心，那才真叫可怜呢。

也正是从这天晚上起，刘女士开始了上网，并一下就进的是聊天室。她是因为内心太痛苦、太郁闷，或者说是对儿子太失望、太气恼了，才想到进那聊天室的。她只想借那个虚拟的空间，去跟虚拟的谁谁谁诉说一下自己心里那种不能不诉说、而跟真真切切的别人又实在是难以启齿去诉说的感受。只是，连她自己都想不到的是，渐渐地，每到星期六的晚上，每当儿子既挡不住又拉不回地自顾自出去"自由活动"之后，那聊天室居然便成了她唯一的而且是决不能迟到的去处。

那是因为刘女士在那儿结识了一个名叫鸟儿飞的男孩。她是在无意中结识他的，说得更具体点，她是由于觉得他的名字取得很有趣才与他"聊"上了的。然后，她便知道了他的年龄——跟她儿子东东同年，而且也正在读着高二。这就使刘女士不再仅仅是觉得他的名字有趣了。也许我可以通过这样的一个同龄人了解到儿子东东总跟我不合的一些原因？她想。于是，她便从来没有这样幽默过地给自己取了个"孩子他妈"的名字，做了"鸟儿飞"的固定"聊友"。

会说话的蚂蚁

而"鸟儿飞"对"孩子他妈"显然也很感兴趣。他说他与自己的母亲之间隔着深深的"代沟",所以很想知道别人的母亲是什么样的。

这样,他俩便各自怀着那种有点类似于"同是天涯沦落人"的感觉,一到星期六的晚上,就于约定的时间在那聊天室里"见面"了。

当然,一开始时,刘女士对"鸟儿飞"的感觉并不好。他活脱脱就是另一个东东呵!唉,现在的孩子,什么"代沟",明明是他们不理解也不珍视父母的那颗心嘛,还总是强词夺理!刘女士曾毫不客气地跟"鸟儿飞"说过自己的这种感觉,同时,她就从"孩子他妈"的角度跟他说了自己的苦闷等等。没想到的是,他能够耐心地听完她的诉说,而且还会不时友好地插进来说几句,或者是表明自己的不同看法,或者是说他原本还真不知道一个母亲会为了她的孩子作那么多的牺牲……瞧,这孩子到底不像东东,他可要懂事得多呢。

刘女士于是就喜欢上了"鸟儿飞",又由于喜欢,她也就对他的不少苦闷也渐渐地有了或多或少的理解……就这样,刘女士觉得自己又有了一个儿子,而且是个不再与她话不投机更不是冤家对头的儿子。确实,随着"聊天"的深入,更随着相互间的宽容、谅解与信任的加深,她跟"鸟儿飞"差不多都有些离不开对方了,甚至,那晚上聊着聊着,她还干脆提议让"鸟儿飞"做她的干儿子,而他则爽爽快快地立即"叫"了她一声"干妈"……

哦,要是东东能像"鸟儿飞"这样的善解人意,那该多好呵!刘女士便常常会不由自主地这样想。平时,她甚至是想"鸟儿飞"的时候要比想她的东东的时候更多了。

终于,这天晚上,在"听"了"鸟儿飞"的一句"这几天的天一忽儿晴一忽儿雨的,干妈可要小心着凉"后,刘女士便产生了一种很是强烈的冲动,她告诉"鸟儿飞"说:"干妈想见见你。"

"那好,就在明天吧,明天是星期天。"他马上这样回答。或

第一辑 妈妈的礼物

许他也很想见她。

"那我们在哪儿见面好呢？"她问。

"就在……就在人民公园门口吧。"他说。

"好，就这样定了。"不过，刘女士又想到了一个新问题："我们还没见过面呀，我们怎样才能从人群中认出对方来呢？"

"那……那我们就跟地下党接头时一样，手里各拿点东西吧。"

"好聪明的干儿子！只是，我们拿什么好呢？"

"这样吧，你拿一张《足球报》，我拿一枝康乃馨。"

"为什么要我拿《足球报》呀？"

"干妈你忘啦？我说过我最喜欢足球嘛。"

"那你拿康乃馨又是什么意思呢？我可是个半老太婆了，又不是个女孩子。"

"这个嘛，你到时候自然就知道了。"

"好，一言为定！"

"一言为定！"

这天晚上刘女士没睡好。她又怎么能睡得好呢？因此，第二天早上起床后，她的眼睛便有些红。但她的精神却格外的好。她甚至在离与"鸟儿飞"约定的时间还差着近两小时的时候便准备出门了。不过，她又很快转过了身来，同时显出了着急的神色，因为她差点儿忘了一件十分重要的事情——她得手里拿着一张《足球报》，而一向来连踢足球需要多少人都不知道的她，又该去哪儿得到这张报纸呢？

所谓急中生智吧，忽然，刘女士依稀记起来儿子东东好像常买那张报纸的，于是，她就连忙走进儿子的房间去找。

"你要这报纸做啥呀？"不知正在干什么的东东显得很是意外地问她。

"哦，我……我也想看看。"

这样说着，刘女士就生怕迟到似的急匆匆出了家门。

只是，刘女士这天并没有见着"鸟儿飞"。她左等右等，一直等到都超过那约定的时间两小时了，她都没能见着手里拿着康乃馨的男孩出现。

不用说，刘女士是怀着那种怅然若失的心情回家来的。她不知道"鸟儿飞"为什么会失约。她真有点担心……在她将钥匙插进自己家的门锁的时候，她简直已有些有气无力。

但那门却在她转动手中的钥匙前便自己开了，这同时，她清晰地看到了儿子东东那张难得的笑脸和他手里拿着的一枝鲜艳的康乃馨，并听到他有点哽咽的这样一句话："妈，今天是母亲节……"

叶子的心思

从让妈妈"去找个爸爸"到让妈妈"去找个男人"，十六岁的叶子经历的并不是心思的变化，而是情感方位的转换。

一

妈妈，你去找……找个爸爸吧！

这天吃晚饭时，吃着吃着，叶子突然两眼定定地望着她的母亲，这样说道。

一时间，母亲手里端着的饭碗和那双正准备伸出去夹菜的筷子，便不由得像是被什么给撞了一下似的同时抖了一下。然后，母亲的脸上连忙堆起不怎么自然的笑，佯装训叶子道：傻丫头，尽想些不该想的事!

接着,母亲又故意把话题扯开,一边夹一块鱼肉到叶子的饭碗里,一边问叶子:对啦,我听你说过这星期要数学考试,考了没有?

叶子却并没有理会母亲的问话,她依然那样两眼定定地望着她的母亲,同时依然这样对她的母亲说道:妈妈,你去找个爸爸吧……

二

这天晚上躺下后,叶子的母亲始终无法入睡。

母亲在想叶子。母亲的耳畔一直在响着叶子的那句"妈妈,你去找个爸爸吧"。起先,母亲很有些弄不明白叶子突然跟她说这句话的用意,而在想了又想之后,母亲便终于恍然大悟了:这是十六岁的女儿,这个从来没见过父亲面的苦命孩子,对父爱的渴望的流露啊!

母亲的眼中不禁一下子噙满了苦涩与酸楚的泪水。可不是,别的孩子除了母亲之外,还都有一个或高或矮、或富或穷的父亲在日夜疼着、宠着、呵护着、关怀着,可叶子,她就连想遭一顿属于父亲的骂都不可能呀!

母亲于是就又想起了叶子的父亲——一个跟叶子一样苦命、都来不及见到女儿出世便让一辆该死的东风牌大卡车夺走了年仅二十六岁的性命的人儿。这同时,母亲也自然而然地想起了自己这十六年来所过的日子——一个没有男人的女人所过的日子,那简直是不能叫作日子的呀!

当然,这十六年中,母亲的日子其实是完全可以变成真正的日子的。曾有不少人先后给母亲介绍过这样那样的男人,母亲也曾很是心动地去跟其中的几个人见过面。结果,虽然不乏母亲中意、对方也乐意的人选,但到最后,到如今,为了叶子,母亲终于还是咬紧了牙关,坚持着仍旧孑然一身——想到到底并不是叶子亲生父亲的

会说话的蚂蚁

男人有可能不会真心诚意地去爱叶子，一想到自己的幸福有可能会建立在女儿叶子的痛苦之上，一想到……不，母亲什么都不敢想也不想去想了。母亲只愿叶子的日子里无风无雨、晴空万里。母亲只顾着用她的奶水、汗水还有泪水去哺育、去滋养、去安抚、去慰藉可怜的叶子！

哦，叶子，我的女儿，妈理解你的心思，妈也知道一个爸爸对于一个孩子的全部意义，妈更清楚一个男人对于一个女人的重要作用，但是，你到底是已不可能有一个完完全全、真真正正的爸爸了，所以，为了你不受到哪怕是一丁点的伤害，妈妈我早已是心如止水，你也还是把你的这个心思收起来吧！

这时候，母亲的枕头已湿了好大好大的一片。母亲还很想去叶子的房间，这样告诉叶子。

三

这时候的叶子，也跟她母亲一样正在自己的床上辗转反侧着。

叶子是在想她的母亲。叶子还很有点恨自己，恨自己为什么直到如今才会这样去想自己的母亲，或者说是这样去替自己的母亲着想。

是的，叶子要母亲"去找个爸爸"，完全是在替母亲着想。

说句心里话，大概是一生下来就没见过父亲面，也可能是母亲一直来待她实在是太好了的缘故，这十六年来，叶子其实从来都没有感觉到过自己没有爸爸有什么不好。相反，自从读书以后，倒是每当听见这个同学在怨自己的父亲太凶、那个同学在嫌自己的父亲太烦时，叶子的心里还会不由自主地生出那种类似于幸灾乐祸的想法来，谁叫你们有爸爸呀，看我，实在是要多自由就有多自由、要多清净就有多清净也要多幸福就有多幸福呢！

叶子的生活真的是自由、清净而幸福的，就像一条有山给围着、

第一辑　妈妈的礼物

有树给护着的波光粼粼的河流。不过，在叶子十六岁的这个初夏，她那条自由、清净而幸福的生活河流，终于让一个名叫春生的男生给搅起了阵阵突如其来又无可抑制的涟漪——

那是在半个月前。

这天放学后，叶子正和春生等几个男女同学一起在教室里做着值日生。突然，可能是最近这几天的晚上看书看得太夜深了的原因，一阵强烈的眩晕袭来，正准备爬上桌子去擦窗玻璃的叶子，便头重脚轻且是身不由己地一头朝地上栽了下去。也就在这时，叶子模模糊糊地意识到有一双强有力的手非常及时地一把托住了她，然后，这双手就始终紧紧地抱着她，一直到她进了医院……

没错，那是春生。而且，在叶子此后住院的那三天时间里，春生每天放学后总会来医院看她，来问她今天是不是好些了，来告诉她这一天中上的是什么课、班里发生了些什么事，来……特别让叶子那颗十六岁少女的心砰然一动的，是春生在第一天来的时候，还给她带来了一个原本似乎是装什锦果酱的大口玻璃瓶，瓶中插满了他一路上特意采的五颜六色的野花！

这个最朴素不过的花瓶至今仍在，在叶子房间里的写字台上那个最显眼的位置。而只要是一看到它，甚至是一想起它，叶子的心中便会涌起来一种她以前从未体验过的、有些说不清道不明的、别样的情感。反正，叶子像是一下子如书中所说的那样长大了，她忽然发现了春生原来是个男生而不仅仅是个同学，她忽然就有了那种所谓异性的感觉；而且，异性间的那种吸引力、作用力、愉悦性、依存性……便如同原本就非常熟悉、只因一直来都无缘见面所以才显得很是陌生的朋友一样，终于是既朦胧又真切地站在了她的面前……

于是，在纯粹的自我感觉之后，叶子的感觉便又有意无意、

33

自觉不自觉而且是设身处地地转到了她那相依为命的母亲的身上。哦，这十六年来，妈妈她除了我之外始终是形单影只，她因此该有多寂寞、多沉重、多苦闷呵！不，妈妈你现在也不过40岁，你还有必要也还来得及去改变、去弥补、去充实自己，去享受那种……

是的，叶子正是在如此这般的感觉的基础上，或者更确切地说是在如此这般的感觉的驱使下，才决定并终于对她的母亲说出那句"妈妈你去找个爸爸吧"来的。

是的，叶子这绝不是自己想要有一个爸爸。

是的，叶子这完完全全是在替她的母亲着想。

是的，叶子感到自己是十分应该这样去替她的母亲着想的。

是的，叶子甚至还觉得自己已经是替母亲着想得迟了。

是的——不过，妈妈她刚才听了我的话后为什么并没显出高兴的神情来，反而还有点闷闷不乐呢？叶子忽然又这样想起来。

叶子也有些弄不明白。同样，在想了又想之后，叶子也似乎是有所醒悟了：是不是我并没有把意思跟妈妈说清楚？

于是，再想了又想之后，叶子便起床走出了自己的房间。

四

叶子来到她母亲的房间里。

叶子坐到她母亲的床沿上。

叶子拉着她母亲的手两眼定定地望着她的母亲。

叶子的眼中一时间忍不住噙满了亮晶晶的泪水。

然后，叶子一把擦干了那泪水，像是母亲变做了她、她变做了母亲似的，以十分慈爱又十分严肃的语调，对她的母亲说道：

妈妈，你去找个男人吧！

第一辑　妈妈的礼物

纪念品

儿女的成长，是父母最希望看到并最令他们欣喜的纪念品；而父母的适度放手，同样也是儿女最想又最应该得到的纪念品。

母亲从梦中惊醒时，床对面墙上的挂钟的时针才指在"3"字上。母亲再望一眼对面的床上，女儿还睡得很安稳很香甜，均匀的鼻息如小夜曲般轻幽柔和。

"还早着呢，瞧我这用心用计的！"母亲不禁暗暗自语一声，然后便重新熄了灯，又躺下。

但母亲再也没有睡着。母亲又怎么能睡得着呢？虽然今天要出远门的是女儿而不是自己，可正因为如此，母亲便更加的放心不下。倘是自己要出门，到了时候转身走人就得了，反正该注意的、该小心的、该记住的、该……总之是一切的一切自己都懂，都知道，而女儿毕竟才12岁，何况又是第一次在身边没有父母的情况下出远门，她能高高兴兴出去平平安安回来么？所以，在醒来之前，母亲便一直在做着与女儿这次出远门有关的梦，有些梦还显得那么紧张，甚至是那么可怕……

女儿是在快五点半的时候被母亲叫醒的。女儿醒后就边自己穿衣下床，边关照母亲睡自己的觉。女儿说："我们是6点一刻开车，还有45分钟时间呢，保证一切没问题。"

母亲却将女儿的关照和她说的"保证一切没问题"全当成了耳边风。母亲事实上比女儿还要先下床。这同时，母亲又不失时机

会说话的蚂蚁

地重复起昨晚已给女儿说过不知多少遍了的那些注意啦小心啦记住啦来。

"我知道啦,你就放一百个心吧。"女儿边回答边出了房门。

此后,女儿刷了牙,洗罢脸,梳好头,又吃完简单的早餐,便在差5分6点的时候背起自己的小旅行包,准备去车站。这次去三花镇秋游,是女儿所在班级组织的,全班同学说好了6点10分在车站集中,然后出发。

母亲就跟在女儿身后,说:"我送你上车。"母亲同时准备边走边再次重复那些注意啦小心拉记住啦之类。

但女儿并没给母亲机会。女儿伸手将母亲拦在了门口,说:"妈,你真的可以放心嘛,我用不着你送的嘛。"

女儿接着又说:"妈,你不是跟我说过你8岁时就一个人走了3公里路,去镇上给外婆抓药么?我都已经12岁了呢。"

然后,见母亲一个劲地想"突围",女儿就干脆朝母亲耍起了性子来——只见她将背着的旅行包一扔,说:"妈,你一定要送我,我就不去了,你去吧!"

"这孩子,嗨!"母亲没办法了,只好摇了摇头,又叹了口气,然后就任由女儿自己出了家门。

不过,母亲是不能不送女儿的。尽管母亲也知道自己是没法一直跟在女儿屁股后面的,但能看着女儿安然上车,自己心里头便至少可以多一份安稳呀。再说,从家到车站有近15分钟的路,而且这时间又早,天差不多还没全亮,要是……

母亲灵机一动,就有了主意:女儿硬是不让送,明的不行,我就来暗的——悄悄地在她身后"盯梢",直到看着她坐的车子开走。

母亲接着便开始了她的"特务"行动。

不巧的是,半路上,母亲遇到了一个早起的熟人,结果,这熟

第一辑 妈妈的礼物

人的一声招呼引起了女儿的回头，女儿于是就几乎朝母亲发起了火来："叫你别送你还是要送！你再不回家去，我就……"

母亲这回是再也无计可施了。

母亲就只好转身回家了。

然后，从不见了女儿的那一刻起，母亲的心便时时刻刻都在为女儿悬着。特别是上班路上碰到女儿一个同学的家长，听人家说起别的家长全都去车站送孩子了，又说她"你心肠真是硬"之后，母亲便不由得哗哗哗地眼泪直淌。女儿啊女儿，别的不说，见了同学都有家长来送，你是不是感到很孤单呀？

不用说，这一天中，母亲真的是有种度日如年的感觉……

一直到傍晚6点，女儿他们终于回来了。当然，这回，母亲是早早地便与别的家长一起守候在车站了。

拉着女儿的手回家的路上，在为女儿到底是完完整整地回到了自己身边而终于放下了那颗悬着的心的同时，母亲便很想为女儿早上不让自己送埋怨她几句。

不曾想女儿却先她开了口，而且是显得那样的得意和自豪："妈，我们班主任说了，今天，全班只有我一个人算得上是长大了，因为，早上只有我是像大人一样自己一个人去车站的！"

这么说着，女儿像是忽然想起了什么来，便停下脚步，从背着的旅行包里掏出来一枚十分精巧的工艺品递给母亲，说："对啦，妈，这是我买来送给你的纪念品！"

这时候，望着女儿红扑扑笑吟吟的脸，母亲不禁一手握紧了那件女儿送她的纪念品，一手搂紧了矮着自己半个头的女儿的腰，眼里泪光闪闪。当然，那是母亲欣喜的泪，幸福的泪。

37

逃课的秘密

逃课的秘密是一个让人禁不住要潸然泪下的秘密，因为这一秘密中隐藏着那种属于爱的坚定与坚强。穷人的孩子早当家。

我外出开了三天的会，回到学校，就听说这几天中每天上午的最后一节课，本班教室里第三组第四桌的座位总是空着。

那座位上的学生叫杨小强，给我的印象很深、很好。因为，在开学第三天举行的各科摸底考试中，杨小强的各科成绩都是全班第一。这样的一个学生，为什么要逃课呢？

我看看手表，见离上课还有几分钟时间，便让人将杨小强叫进了办公室。

我问他："这些天的上午最后一节课，你都去哪儿了？"

"我……"杨小强只张了张嘴，便没了下文。

"告诉我，你为什么要逃课？"我紧追不舍。

这回，杨小强干脆就不吱声了。

"你……你难道不觉得这样做很对不起自己，也很对不起辛辛苦苦供你上学的父母亲么？"

听了我的这句话后，杨小强的脸一下憋得通红，眼里闪着泪光。他显然是被打动了。只是，他说出来的，却是这样的话："老师你放心，我不会拉下功课的，那些课的内容，我都借同学的笔记看过，作业我也全做了。"

这时，由于上课铃声已经响起，我便不得不再三强调一句"以后千万不能再逃课了"，然后就让杨小强回教室了。

哪知道，到了上午最后一节课时，第三组第四桌又是空着的——杨小强居然又逃课了！

当然，我猜想杨小强的逃课一定有着难言的原因，便决定放学后去杨小强家走一趟。

杨小强家离学校有三里路。我一路打听着到达那儿时，杨小强不在家。他母亲说他去镇上的药店为她买药去了。这时，我才知道原来杨小强的父亲刚在暑假里去世，他母亲则因悲伤过度而一病不起……而得知我是杨小强的班主任老师之后，杨小强的母亲便从病床上硬撑起身子，一个劲地向我道着谢："谢谢老师！谢谢老师！小强在这么短的时间里就得了三十元奖金，全靠老师教得好啊！"

听了这话，我可真有点丈二和尚摸不着头脑了："三十元奖金？谁给杨小强发三十元奖金了呀？"

"小强说了，他的功课考了第一，老师就发给了他三十元奖金。他还说，以后只要他每个星期仍考第一，就还会有奖金呢。"

听了杨小强母亲的话，我的心头不禁起了个大大的惊叹号和问号。杨小强明明是在说谎嘛！他是从哪儿得来的三十元钱呢？

说真的，本来，我是很想将杨小强逃课的事如实告诉他母亲的，但我实在又不忍心在这位背负着双重苦难的母亲身上再压上一副为儿子担忧的重担。于是，我只是含含糊糊地与她拉了一阵家常，便起身告辞了。

在返校的途中，我无意间发现了杨小强——他正从一家路边的饭馆里出来，端着一盆水。我急忙隐蔽了自己。然后，我便见杨小强在倒了那盆水后又进了饭馆，接着他就抹起了餐桌，抹完后又去洗碗……

于是，我隐隐猜出了杨小强可能是在这儿打工的。

会说话的蚂蚁

果然，等他离开饭馆向一家药店走去后，我向那饭馆老板一打听，就知道了杨小强原来真的是在这儿打钟点工的——他每天上午十点半来，十一点半走，每次挣五元工钱。他告诉老板说，他妈看病需要钱，他读书也需要钱……

我是含着泪离开那家饭馆的。而在回学校的路上，一个要发动全班同学帮助杨小强的计划，便已在我心里悄然形成。

女儿与母亲

这是一个峰回路转的故事，而贯穿这故事始终的，则是一条叫做爱的主线——女儿在线的这头，母亲在线的那头，紧紧相连。

窗外的夜色已越来越浓。眼看着母亲那一天比一天浮肿，却又跟这夜色一般越来越没有光泽的脸色，珍珍在自言自语了一声"就这么决定了"之后，便悄悄走出她母亲的病房，骑车来到一直来最要好的高中同学阿秀家里。

"你妈她是不是好点了？"正坐在电脑前上着网的阿秀见到珍珍，连忙关切地问起珍珍母亲的病情来，一边准备去关电脑。但珍珍拦住了她。这同时，珍珍递给阿秀一张自己的照片和另外一张纸条，说："你帮我把这条信息连同这张照片一起发到网上去吧！"

"你……你是不是疯了呀？"在看过了那张纸条后，阿秀不由得跳了起来。

原来，珍珍说的那条"信息"，是她要在网上公开拍卖自己那23岁的青春——珍珍的母亲患上了严重的尿毒症导致肾功能衰竭，

第一辑 妈妈的礼物

只有换肾才能挽救生命,但虽然医院方面已经找到那可换的肾脏,可对于刚刚在一年前的一次车祸中失去了父亲、母亲又已在半年前下了岗的珍珍家来说,那换肾的费用实在是个天文数字,所以珍珍决定:谁只要肯拿出来她母亲换肾需要的18万块钱,她就愿把自己的一切都交给谁!

这样的"信息",阿秀当然是不忍心去给珍珍发的。她就想劝珍珍几句。可不等她开口,倒是珍珍先劝起了她来,说:"我们是不是好同学、好姐妹?难道你不想帮自己的好同学、好姐妹去救她妈妈的命么?"

珍珍接着又对阿秀说道:"你知道我对我妈的感情,只要能换回我妈的性命,就是叫我上刀山下火海,我也心甘情愿……"

珍珍在平静又动情地继续说着,一旁的阿秀早已经听得鼻子发酸、两眼湿润,然后,她就满含着热泪,默默地照着珍珍给她的那张纸条,按起了电脑的键盘来……

第二天一早,阿秀便打开了电脑,这时候珍珍也来了,她们俩就急切在网上寻找起回音来——

回音倒是不少。有对珍珍的举动表示热情赞赏的,有对珍珍母亲的不幸表示深切同情的,有真诚慰问珍珍母女的,有……当然也有把珍珍的举动当作玩笑看的,或者是表示怀疑的,甚至还有恶言相加的……

"怎么就没人……"由于一时间没有见着自己所希望见着的,珍珍不禁有点

失望起来。这时候,阿秀却忍不住叫了起来:"珍珍你快看!"

原来是终于有人表示愿意和珍珍做这桩"买卖"了。那人说18万算不上什么大数字嘛。那人还说自己很喜欢做这种新鲜刺激的"交易"。可那人又称自己不知道网上的照片究竟是不是珍珍自己的照片,

或者说是自己还不清楚珍珍到底有没有跟照片一样的漂亮,所以那人问珍珍是不是愿意先和自己见上一面,让自己先验一下"货"?

"这个畜生!"看罢这么一则回音,阿秀忍不住气愤地脱口骂出了声来。可珍珍却催着阿秀:"快,你快帮我问他在哪儿见面,什么时候?"

"这样的东西你也想去见?他这明明是黄鼠狼给鸡拜年——不安好心哪!"阿秀这样告诫珍珍。

但珍珍回答说:"只要他肯拿出那18万块钱来……"

也就在这时,阿秀家的电话响了。阿秀拎起电话,话筒那头便传来一个男人的声音,是找珍珍的。"你是谁?找她有什么事?"阿秀不无警惕地问道。一旁的珍珍已知道这是她的电话,就一把从阿秀手中抢过那话筒,说:"我是珍珍,你请说吧。"

"哦,我是看到你在网上发布的那条信息后,特地来这儿的,请你告诉我你母亲住的医院的名字,我想和你在那儿见面。"话筒那头的人——一个男人说。

"会不会就是刚才电脑里的那个家伙?"阿秀在旁边提醒着珍珍,她还想对珍珍说些什么,珍珍却已经一口气将她母亲住的医院名字报了过去,同时跟对方说好了具体的见面时间与地点。

"你……"阿秀总觉得珍珍这样做实在太冒失了,但又拿她没办法,就只好告诉珍珍说:"那我陪你去见那个人吧。"

这之后,珍珍她们便按约定,在医院的大门口见着了那个打电话的男人。

这人说他姓张,看上去有40来岁,长得倒是蛮斯文的样子,鼻梁上还架着副眼镜。让珍珍和阿秀都觉得很意外的,是见了面之后,他只谈珍珍母亲的病情。他甚至还专门去了趟医生值班室,详细地了解了珍珍母亲的有关情况。然后,他就很爽快地问珍珍:"那钱是汇到你们自己的账户上，还是直接汇到医院的账户上？"

"你……你决定了？你……你真肯拿出那笔钱来？"珍珍连忙反问道。由于激动，珍珍那漂亮的脸蛋涨得通红，苗条的身子在微微颤抖；又由于实在有点难以相信面前那个姓张的人说的话，珍珍不由得将她那双亮晶晶的丹凤眼睁得滚圆，同时，话也有些说不大连贯了。

接着，见那个姓张的人在微笑着朝自己点头，珍珍便情不自禁地一边流着泪，一边告别似的拉了拉身旁的好友阿秀的手，然后又问那个姓张的人："那……我们是不是现在就走？"

"走？去哪儿？"

"你说去哪儿就去哪儿。"

"你母亲怎么办？你不想陪在你母亲身边？"

"你说话要算数，我说话也要算数。"

听了珍珍这话，那个姓张的人就上来拍了拍她的肩膀，说："放心，我说话当然会算数，至于你呢，还是先告诉我那钱汇到哪儿，然后就回到你母亲的病房里去吧。"

"这……你……"珍珍有些不知道说什么是好了，心里则一下乱了起来——他这到底是什么意思呀？

"我知道你在想什么，"似乎是知道珍珍的心思，他又说话了，同时又拍了拍珍珍的肩膀，道，"其实，你现在只想着你的母亲就够了。"

这时候，那个姓张的人的手机响了。于是，在"对对对……是是是"地接过电话后，他告诉珍珍道："哦，我公司还有事，马上得回去，所以，你还是快把那钱该汇到哪儿告诉我吧。至于我们之间的事情，等你母亲的病治好后再说吧。"然后，他就像突然记起来似的，从上衣口袋里摸出来一张纸条交给珍珍，对珍珍说道："对啦，这是

会说话的蚂蚁

我的 E-mail 地址，以后有什么事要联系，你就按这个地址发邮件给我吧。"

说完，他便跟珍珍和阿秀道了一声再见，走了。

"你……"望着他的背影，再看看手里的那张纸条，珍珍一时间很有种自己是在做梦的感觉，就连阿秀也觉得有些不可思议："这个人好像有点怪呀！"

当然，随着那个连具体叫什么名字都还不知道的人的消失，珍珍的担心也就越来越浓了，是不是一切都这样结束了呢？

但一切并没有这样结束。第二天一早，医院方面便派人来告诉珍珍："你母亲换肾需要的钱款已经到位，而且不是18万，是20万。好啦，后顾之忧没有了，我们一起抓紧做手术前的准备吧。"

"真的？"珍珍就又在刹那间不由自主地产生了那种自己是在做梦的感觉。接着，在狠劲地掐了一把自己的胳臂，证实了一切都是真的之后，珍珍就急忙给阿秀打了个电话，让她赶快替自己给那个姓张的人发个电子邮件，告诉他钱已收到并谢谢他，然后，她便喜气洋洋地把她们已有了钱的好消息报告给了病床上的母亲……

这之后，珍珍母亲的手术进行得非常的顺利，而且，在手术后的第10天，她便能起床活动了。医生说，珍珍母亲已经完全获得了第二次生命！

珍珍的眼泪就又情不自禁地流淌了出来。

也就在医生肯定她母亲已没事了的这天晚上，珍珍再次来到阿秀家里，第一次亲自动手给姓张的那个人发了个电子邮件（这之前，珍珍虽然差不多每天都要给他发邮件，告诉他自己母亲的手术情况，但那些邮件都是由阿秀帮她发的）："张先生您好！我实在无法用语言来表达自己此时此刻的心情，我只想请您赶快告诉我您的地址，我要来见您……"

第一辑　妈妈的礼物

　　珍珍曾经说过自己说话是算数的。她要兑现自己的诺言。她要把自己的一切都交给那个给了她母亲第二次生命的人……

　　很快，那边的回邮便到了。令珍珍和一旁的阿秀简直没法相信的是，那回邮竟是这样写的——

　　孩子，我现在的心情，其实也和你一样是无法用语言来表达的。这里，还是让我先向你和你的母亲表示我最真诚和最美好的祝贺与祝福吧！

　　当然，看来我也应该告诉你有关我的一些信息了——其实，你见过的那位张先生是我的秘书。而我——哦，还是这样说吧：我的名字叫母亲。真的，我是个有着像你一般大的女儿的母亲！

　　是的，正因为我是个母亲，所以，当时在网上很偶然地看到你发的那条信息后，我便被你那种无比伟大的爱母之情深深地震撼了，也深深地感动了……

　　有首歌叫"世上只有妈妈好"，事实上，这世上还有像你这样好的女儿呵！这是多么的足以令天下所有的母亲都感到欣慰和自豪的呵！

　　因此，孩子，你其实用不着感谢我，而应该是我感谢你才对；或者说，要感谢，你就感谢你自己吧！

　　你也没必要记着我所做的这一切。当然，倘若你——倘若你觉得我作为一个母亲还是够格的，那你……那你只要叫我一声"妈妈"就可以了……

　　一字一句读完这封最终都不知道究竟发自哪里的邮件，珍珍的眼睛已经被汹涌的泪水模糊，就连旁边坐着的阿秀，也早就感动得成了一个泪人，只顾一个劲地感叹着："这实在是太意外太感人

会说话的蚂蚁

了呵！"

"世上只有妈妈好……"这时候的珍珍，却不由自主地脱口轻声唱起了这首曾深深地打动了许许多多的人的歌来，同时，只见她已飞快地在电脑键盘上"嗒嗒嗒嗒"打出了这样两个字来——

"妈妈！"

第二辑　小梅的心事

　　这是一间属于教育的书房。厢房里那只《会说话的蚂蚁》，不仅会悄悄地把《班里有个女孩叫小芬》的秘密告诉你，还将大声地说出《小梅的心事》就是要做《一只无忧无虑的猫》。而面对这样的《非常愿望》，你可千万不要去作简单又武断的《"√"与"×"》的评判，否则，你不但会《事与愿违》，还很可能将抹杀一个人的《英雄本色》。

"√"与"×"

　　你的"√"与"×"，连接着的很可能是孩子截然不同的未来。所以，请千万不要对孩子去作简单又武断的"√"与"×"的评判。

A

　　有一个孩子，今年8岁。

　　这个8岁的孩子刚上小学。当然，他对学校里的一切都感到很新鲜很奇特。所以他非常兴奋也非常激动。甚至，在他那还十分懵

会说话的蚂蚁

懂的意识里，他便隐约觉得已见着了自己的未来……

这时候，老师正在对着他的名字煞费苦心。

老师是在考虑班干部的人选。

他长得多么的可爱呀。他的鼻子多么的小巧呀。他说话的声音多么的悦耳呀。他走路的样子多么的顺眼呀。他……

考虑来考虑去，老师觉得他几乎什么都好。

于是，老师就很果断地在他的名字后面用红笔打了个大大的"√"。

他就这样成了一班之长。

此后，他用自己的行为和成绩证明了老师的选择是那样的正确。

然后他就风风光光地进了一所重点中学。

然后他就同样风风光光地进了一所重点大学。

然后他就更加风风光光地进了一家风风光光的单位……

然后，一个规模空前盛大的追悼会结束了他的人生，送他上路的，是千百个写满了赞美的花圈。

B

有一个孩子，今年8岁。

这个8岁的孩子刚上小学。当然，他对学校里的一切都感到很新鲜很奇特。所以他非常兴奋也非常激动。甚至，在他那还十分懵懂的意识里，他便隐约觉得已见着了自己的未来……

这时候，老师正在对着他的名字煞费苦心。

老师是在考虑班干部的人选。

他怎么长得这样的矮小呀。他的眉毛怎么这样的稀疏呀。他叫人的声音怎么这样的生硬呀。他看人的眼光怎么这样的呆滞呀。他……

考虑来考虑去，老师觉得他几乎没什么是好的。

于是，老师就很果断地在他的名字后面用红笔打了个大大的"×"。

他就这样与一班之长擦肩而过。

此后，他用自己的行为和成绩证明了老师的选择是那样的正确。

然后他是勉勉强强才进了一所末流中学。

然后他便因为经常在校打架斗殴而被劝离了校园。

然后他便踏上了打起架来更凶猛斗起殴来更残暴的社会……

然后，一纸"杀人犯"的法院判决书结束了他的人生，送他上路的，是一声庄严而又沉闷的枪响。

寒　蝉

成语"噤若寒蝉"究竟是不是在瞎比喻已显得并不重要，重要的是我们到底可不可以又应不应该去质疑这样那样的"真理"？

那时候汝同志还在一所学校里教书育人。

这是个窗外乱窜着西北风的怪叫声的冬夜。汝同志正端坐在自己的斗室里，为第二天要上的一堂跟其职称评定有关的校内公开课准备着教案。忽然，女儿推门进来，手指着一本书问汝同志道：爸，"噤若寒蝉"是什么意思呀？

哦，这是个成语，意思是像冷天的知了那样一声不吭，也就是形容不敢作声。汝同志脱口答道，而且，紧接着他又引经据典地给女儿讲起了这一成语的出处来：《后汉书·杜密传》中有这样一段话……

会说话的蚂蚁

但女儿却立刻打断了汝同志的话头，说：爸爸，我刚查过《成语大词典》，你说的我都已经知道了。问题是：冷天哪还有知了呀？像现在，要是有人说他见着知了了，那他不是个神经病才怪呢，因为知了早都钻到地下过冬去了呀。所以我觉得：拿不存在的所谓"寒蝉"去形容不敢说话，那是在瞎比喻嘛！

听了女儿的这席话，大学中文系本科毕业的汝同志不禁心头一愣：嘿，女儿说得很有道理呀，我怎么就从来都没想过冷天究竟有没有知了，也没去想过"噤若寒蝉"到底是瞎比喻还是什么呢？

于是，有所思的汝同志便也有所悟了。

于是，第二天的那堂公开课上，在给学生分析讲解作文用词要准确的道理时，汝同志便以"噤若寒蝉"为例，说了他女儿的发现和看法，也谈了他自己的认识与感想……

下课后，汝同志觉得这堂课实在是他做教师以来上得最为顺畅也最为成功的一堂课。

然而，也就是在下课后，前来听课的校长，却容不得汝同志那想去"W·C"轻松一下的念头付诸实施，便当即将汝同志叫进了位于教学大楼最高层的校长办公室。

你怎么可以这样上课呢！才进办公室的门，校长就朝汝同志劈头盖脸了这么一句，然后又道：既然早在《后汉书》上就已写着"寒蝉"两字，你就根本没必要再去疑神疑鬼嘛！再说，你这么讲了，叫学生到底是照书上说的去理解呢，还是按你说的去理解？特别是倘若以后考试时正好考到这个词的解释，你倒说说看：学生究竟该如何回答是好呢？

这么说着，校长似是口干了，就顺手操起办公桌上的茶杯咕咚咕咚喝了好几口的茶，随后一抹嘴，同时换了种口气告诉汝同志道：实话跟你说吧，要不是我觉得你平时的工作总的来说还是很不错的，否则，就凭这一堂课，我便肯定不会再考虑让你晋升职称的事呢……当然，在这里，我也还是有责任也有必要要提醒你：你可要千万千万注意，等到局里的职称考评组来听你的课时，你可无论如何都不可以再这样随心所欲地讲课了！

哦，这自然是汝同志所始料不及的，而且，老实说，汝同志对校长的观点又实在是不敢苟同的。因此，汝同志就只差一点要在校长的办公室里跟校长理论起来。不过，转念想到校长似乎也是出于好心，而且这毕竟关系着自己职称晋升这样的大事，而这种大事又……

于是，汝同志也就只能在自己这天的日记中写下了这样的一段话：看来"寒蝉"确实是有的，譬如今天的我，至少是不能不去做一只"寒蝉"……

我是中学生

一个活生生的中学生，既在向说他"压根儿就不像个中学生"的老师和校长，也在向我们所有人，宣示着他作为一个当代中学生的真实性与生动性。

几乎是每一个老师，在每一次找夏亮亮去谈话时，都要说上这样一句话：你呀，压根儿就不像个中学生！

老师们这样说，当然是有他们的理由和根据的。

譬如，那一天早晨，为了迎接市"中学生行为规范达标验收组"的到来，校长室便通过广播，下令取消全校学生的早锻炼活动，改

会说话的蚂蚁

为一律参加卫生大扫除，以便以干干净净的校园面貌给上级领导留下一个良好的第一印象。为此，在班主任的监督和带领下，班里的同学就这个拿了抹布，那个提起扫帚，另一个拎上水桶……

但夏亮亮却无动于衷。而且，他还很是干脆地拒绝接受班主任分派给他的擦教室窗玻璃的任务，与此同时，在自言自语了一声"我要去跑步"之后，他就当真跟往常一样，到操场上去"蹭蹭蹭"地跑起了步来……

当然，在这一天早晨，学校那个偌大的操场是空荡荡的。因此，跑步的夏亮亮便成了众目睽睽的一道独特风景，而这道风景不仅让夏亮亮的班主任极为恼火，还令校长在大出意外的同时感到十分的生气。

校长便亲自将夏亮亮从操场上叫进了他的办公室里。

谁让你不参加大扫除的？！你的所作所为，有哪一点像个中学生的样子？！校长的话不仅开门见山而且声色俱厉。校长还很想在说话的时候响响亮亮地拍上一记桌子。

一旁的夏亮亮却毫无惧色。那时候，夏亮亮只顾着目不转睛地在看校长办公桌上方挂着的那本印有世界足球明星照片的挂历。他甚至还在乐呵呵地这样想：嗨，要是我那房间里也有这么一本挂历，该有多好呵！

不过，当校长又加重了语气强调"你压根儿就不像个中学生"之后，夏亮亮的注意力便再也无法继续集中在那本挂历上了。夏亮亮想不到校长也会说他"不像个中学生"。这叫夏亮亮觉得非常的失望又非常的不满。于是，夏亮亮就忍不住反问校长道：我哪儿不像个中学生了？

叫你打扫卫生你却去跑步，这难道是一个中学生应该做的么！校长说。

第二辑 小梅的心事

校长接着还想说什么,却被夏亮亮马上打断了话头——夏亮亮说:我这样做,是不满学校做出的那个决定。

为什么?

因为学校不应该牺牲学生早锻炼的时间去搞什么大扫除!学校更不应该只做表面文章,为应付上级的检查而弄虚作假地去突击抓这抓那!

你……夏亮亮的这一回答无疑是校长怎么也不会想到的。一时间,校长是既被噎得说不出话来,又被气得只差一点儿要上去扇夏亮亮的耳光。

当然,校长是有法律意识的,所以,他最终并没有真的去扇夏亮亮的耳光,而只是以校长的身份向夏亮亮发了这样一道命令:你今天不用上课了!你给我回到家里去好好反省一下自己的错误,写份检讨明天交我!

回家就回家。嘀咕了这么一声后,夏亮亮便转身走出了校长办公室,而临出门时,他还不忘记回过头去又望了那本挂历一眼。

只是,夏亮亮并没有真的回家。反省?你校长才真该反省反省呢!得,实在是难得的这么个不用累死累活地做笔记和作业,也不用哭笑不得地听那些唠唠叨叨的陈词滥调的日子,我还是上街去看一番那个精彩的世界吧!

夏亮亮就这样来到了街上。

街上真的很精彩:四周围都是穿得花花绿绿新新潮潮的人,商店里是琳琅满目要什么有什么,还有那些装着五颜六色的小灯泡的广告牌,倘是在夜晚,它们闪烁起来该是多么的美丽多么的迷人呵……

也就在夏亮亮一边作着"意识流",一边准备进附近的那家体育用品商店,去看看里面是不是有啥值得他看的东西时,前边忽然

53

会说话的蚂蚁

传来一声"抓小偷呀"的叫喊，同时，只见一个怀里夹着一只女式皮包的男人，慌慌张张地越过人行道的护栏，在向马路对面跑去……

这家伙显然便是小偷了！于是，夏亮亮就不假思索地也一下跳过那护栏，拔腿朝那人追了过去，然后，凭着自己在学校每天的早锻炼中练就的长跑速度与耐力，夏亮亮终于在那家伙眼看着就要拐进一条小弄堂了之前，把他给扑倒在地上了！

那个皮包失而复得的女人，以及随后赶到的警察，便一再地问夏亮亮叫什么

名字是做什么的。当时，按夏亮亮一贯的作风，他很想就那么潇洒地朝这些人挥挥手，再道一声"拜拜"，然后一走了之。但不知怎的，这时候的夏亮亮忽然想起了老师还有校长说他的那声"你压根儿就不像个中学生"的话来，因此，他便有些不由自主地脱口就回答了这么一句：我是中学生！

没想到的是，听了夏亮亮的这句话后，旁边竟有人很响亮地鼓起了掌来，夏亮亮甚至还清楚地感受到了有照相机的闪光灯，在刹那间强烈地闪了一下……

第二天，不知道是不是当天的日报上登了配有夏亮亮的照片、题为《我是中学生》的报道的缘故，校长竟没来向夏亮亮要他的检查。

班里有个女孩叫小芬

如果从所谓"早恋"的角度，你当然可以用千不该万不该去批评甚至是指责班里那个名叫小芬的女孩。但是，难道你又真的没发现小芬的烦恼实际上就是那种非常美好的成长的烦恼么？

第二辑 小梅的心事

半个学期下来，年轻的李老师颇多感慨：做老师原来全然不像自己在师范读书时所想象的那样轻松和简单呀！那些十五六岁的学生也真是的，他们怎么会显得那样的活跃和复杂又常常不把读书当一回事呢？记得自己读初三的时候，只知道一天到晚地看书和写作呢……

不过，令李老师感到很欣慰的是，班里毕竟还有着象小芬那样的学生。小芬今年十六岁。课堂上，她那对圆圆亮亮的大眼睛总是一个劲地朝着讲课的你扑闪，生怕你会突然溜出教室去似的；集体朗读课文时，声音最清脆响亮的也准是她……而且，差不多每天放学以后，别人都早已出笼的鸟儿一般四散飞开了，她却还时常会来办公室或者干脆就直接闯进宿舍去提出这样那样的问题。哦，这小芬心里似乎有着永远也提不完的问题呢。而且，每次提出问题之后，她总喜欢静静地站立在离你很近的地方，微红着脸听你的解释；有时候，听着听着，她还会忽然弯下腰，将头凑在你的脸旁，然后轻轻柔柔地说一声："是不是这样的……我懂了。"

小芬确实是懂了。她的成绩便是最好也最有力的证明。这次期中考试是全区统考，小芬的语文得了 93 分，位列全区同年级第三名。李老师自然很为小芬的成绩而高兴而自豪，学生的"丰收果"里，有她的一半也有我的一半呢！

期中考试之后，小芬还是一如既往。

这天是星期六，下午不上课。李老师正在自己的宿舍里看书，随着吱呀一声门响，小芬进来了。小芬穿了身李老师还不曾见她穿过的很亮丽的连衣裙，头发显然刚洗过，还飘散着淡淡的洗发精的幽香。她手里拿着本软面抄，说是自己写了篇作文，来请李老师看看。

李老师当然很乐意，就放下手里的活，接过小芬的作文看了起来，

会说话的蚂蚁

小芬则微红着脸，扑闪着一对圆圆亮亮的大眼睛，与李老师离得很近地静静地站立着……

这时传来了敲门声。然后又有人进了屋子。接着便见李老师一下跳起来，极兴奋地朝进屋来的人嚷起来："是你呀！怎么不先打个电话，我好去车站接你呀！对啦，你是怎么找到的这地方呀？"

来人是个与李老师差不多年纪的留披肩发的姑娘。李老师那么嚷完后，就过去一把拉住这姑娘的手，然后向小芬介绍说："叫她张老师吧。哦，不，你应该叫她李师母才对呢！"

听了这话，那姑娘似乎忍不住，就伸手打了李老师的肩膀一下，而这时的小芬，却忽然起了自己的肩膀一阵麻木的感觉，然后，她便拿起那本已被李老师扔在桌子上的软面纱，说了声："我，我回去了。"就头也不回地转身走了。

自这之后，小芬不仅再也没去过李老师的宿舍，就连办公室也不去了。起初，李老师还有些不知不觉，可当他有一回检查作业时发现唯独缺了小芬的那本后，便终于发现了问题：小芬最近怎么啦？上课时为啥再也见不着她那圆圆亮亮的大眼睛，也再也听不到她清脆响亮的声音了呢？她又怎么会连作业都不交了呢？

李老师就去找小芬谈话，问她为什么突然对语文失去兴趣了。但无论李老师问的是多么的亲切和气，说的是多么的苦口婆心，小芬却总是不作回答。于是，李老师忍不住，就失望又无奈地训了小芬一句："你简直莫名其妙嘛！"

这时，小芬眼里就滚落了两行泪珠。而到了晚上，她的日记本便又会少去一页——小芬总是先在那页纸上胡乱地画一阵，然后就撕下来扯个粉碎，并恨恨地扔出窗去。

如果将小芬扔掉的纸片拼起来复原，我们就会发现：那些纸上原来总画着一个人，一个留披肩发的姑娘，样子极象小芬只见过一面的"李师母"。

一只无忧无虑的猫

在我们的学生（孩子）无助又无奈地想去做一只无忧无虑的猫的时候，无疑也应该是我们的教育（家长）去作深刻的检讨和彻底的反思的时候了。

头实在是太胀了，胀得再也无法看清眼前的文字，也再也提不起手来写字了……小凡就只好扔了手中的笔，推开面前的作业本，然后晕晕乎乎地站起身来，信步走出房间，来到了自家那个小院子里。

小院子里有花有树，还有一只身上黄一块白一块的小花猫，正一忽儿在地上骨碌骨碌地打着滚，一忽儿上蹿下跳地在学爬树，样子显得不亦乐乎。不用说，小凡的注意力，很快便都集中到那只小花猫的身上去了。这同时，小凡似乎还很有些纳闷：这不是我半年前去跟外婆要来的小花猫么？这段日子里我怎么差不多已把它给忘记了呢？

这样想着，小凡便更加专注地看起了小花猫在地上打滚或学爬树来，而看着看着，小凡就不由自主地脱口叹了这么一句："唉，要是我也能变成一只猫，那该多好呀！"

"什么？你在说什么？你想变成猫？"没想到，那只小花猫居然能听懂小凡说的话，而且它也说起了人话来！

接着，那只小花猫又一边继续玩着自己的游戏，一边问吃惊得

会说话的蚂蚁

张大了嘴巴、瞪圆了眼睛的小凡："喂，你为什么要变成猫呀？不瞒你说，我们这些动物在一起闲谈时，还都说自己下辈子一定要争取投人胎，变成人呢，因为你们这些人有多风光呀，世上万物都属你们人管呢！"

这时候，小凡好像已经对小花猫会说人话不再那么感到不可思议，也不再那么大惊小怪了，不仅如此，他似乎还已经将面前那只会说人话的小花猫，当成了自己的知心朋友，所以，在听了小花猫的那番话后，他也就跟小花猫说开了心里话："不不不，你下辈子可千万千万别去投人胎，因为，你不知道，做人实在是比做蚂蚁还要可怜，比做蜜蜂还要辛苦呢！"

这么说着，小凡就在小花猫旁边的地上坐了下来，然后边伸出手去轻轻抚摸着小花猫那光亮柔顺的皮毛，边以自己作例子，对小花猫说起了做人的可怜和辛苦来："告诉你吧，我现在是小学三年级的学生，我的那个书包有足足十三斤重，我每天都要完成至少三十道的作业题，还有，我的一日三餐，吃起来都像是在打仗那样的紧张，因为，吃完饭后我还要背书，还要……"

现在当然该轮到那只小花猫张大嘴巴、瞪圆眼睛了——哇，原来做人还真的是那样的可怜和辛苦呢！

于是，小花猫不由得深深地同情起身旁那位说得眼圈都发红了的小凡来，然后，它便眨巴着眼睛对小凡说道："我相信你一定知道你们人类有一句叫作'心诚则灵'的话吧？这样吧，如果你真心诚意地学学我的叫声，再学学我的动作，我想，你要变成我的同类的愿望，或许就能成为现实呢……"

听了小花猫的话，实在是太想变成猫了的小凡不禁连连点起头来，觉得不妨一试。所以，他接着就"喵喵喵喵"地叫了起来，他还将两只手按在地上，照着小花猫的样子，一忽儿在地上骨碌骨碌

第二辑 小梅的心事

地打起了滚来，一忽儿上蹿下跳地学起了爬树来……

哦，大概这世上真的是有奇迹的吧——信不信由您，反正是，小凡那么叫着，滚着，跳着，到了最后，便先是他身上的衣服变成了一层光亮柔顺的皮毛，然后，只见他的身体一点一点地在缩小，接着……接着他就完完全全地也成了一只身上黄一块白一块的小花猫！

也就在这时，屋子里响起了母亲的叫喊声："小凡！小凡！你去哪儿了？你作业都做好了没有？"

"我再也不用做那些叫人头昏脑涨的作业了呢！"已变成小花猫的小凡，一边与那只真的小花猫一起无忧无虑地玩着，一边这样回答道。

"什么？你说什么？你不再做作业了？你……哼，你这不求上进的浑小子，你这贪玩怕苦的糊涂虫，看我不把你的屁股蛋用鸡毛掸打成两大瓣……"

屋子里的母亲显然是生了天大的气，就这么怒不可遏地直着嗓子嚷嚷起来。也正是由于母亲这有些震天动地味道的嚷嚷声，终于将原本正在自己的屋子里做着回家作业，后来不知怎么就伏在那作业本上睡着了，而且还做了那么个奇奇怪怪的梦的小凡，给惊醒了！

于是，小凡不禁先是下意识地伸手摸了摸自己的屁股，然后也顾不得去回味自己的那个梦境，只是慌慌忙忙地揉了揉自己惺忪的双眼，接着就拿起一边的那支笔，又做起了那没完没了的作业来……

59

会说话的蚂蚁

如果孩子不觉得面前的蚂蚁是会说话的,他就不是孩子了。因此,所有想扼杀孩子天性的表现,才是真正的"十足小傻瓜"的表现。

那一年平平三岁。

三岁的平平现在正趴在地上,兴致勃勃地在看蚂蚁搬家。

扛着这样那样东西的蚂蚁,一群群地这个洞出那条缝进的,很忙碌。

平平也很忙碌,因为他既要看这群蚂蚁是如何从这个洞中出来的,又要看那群蚂蚁是怎样钻进那条缝里去的。

还有,遇到蚂蚁们扛的东西比那条缝大,所以蚂蚁们怎么也搬不进去的时候,平平还得想办法或者是干脆亲自动手帮它们一把呢。

这不,此刻,要不是平平的大力帮助,蚂蚁们又怎能将那只很大很大的死苍蝇给拖进那条窄窄的缝里去呢?

平平便也松了一口气。

然后,平平就一个劲说着不用谢不用谢,你们不用谢我的。

你在跟谁说话呐?问话的是正在一旁做饭的平平的爸爸。

平平回答:蚂蚁在说谢谢我呢。

蚂蚁?蚂蚁会说话?蚂蚁又怎么会说话呢?你这个十足的小傻瓜!爸爸说。

接着,已经做好了饭的爸爸就过来将平平一把从地上拖了起来……

从地上站了起来的平平一边坚持说着蚂蚁是会说话的我真的听见蚂蚁在说谢谢我我不是个小傻瓜,一边很快就长成了大人。

然后平平结了婚。

然后平平有了儿子。

这一年,平平的儿子三岁。

平平那三岁的儿子现在正趴在地上,兴致勃勃地在看蚂蚁搬家。

扛着这样那样东西的蚂蚁,一群群地这条缝出那个洞进的,很忙碌。

平平的儿子也很忙碌,因为他既要看这群蚂蚁是如何从这条缝中出来的,又要看那群蚂蚁是怎样钻进那个洞里去的。

还有,遇到蚂蚁们扛的东西比那个洞大,所以蚂蚁们怎么也搬不进去的时候,平平的儿子还得想办法或者是干脆亲自动手帮它们一把呢。

这不,此刻,要不是平平的儿子的大力帮助,蚂蚁们又怎能将那粒很大很大的玉米给拖进那个小小的洞中去呢?

平平的儿子便也松了一口气。

然后,平平的儿子就一个劲说着不用谢不用谢,你们不用谢我的。

你在跟谁说话呐?问话的是正在一旁看电视的平平。

平平的儿子回答:蚂蚁在说谢谢我呢。

蚂蚁?蚂蚁会说话?蚂蚁又怎么会说话呢?你这个十足小傻瓜!平平说。

接着,平平根本就没去听儿子在坚持说着蚂蚁是会说话的我真的听见蚂蚁在说谢谢我我不是个小傻瓜,他只顾着趁电视里正在插播广告的机会过来将儿子一把从地上拖了起来……

英雄本色

播种理想，无疑应该是我们的教育必须始终尽到并尽好的责任与义务。也唯有如此，我们的一代又一代人方可尽显"英雄本色"。

做一个轰轰烈烈的英雄，曾是唐益群梦寐以求的理想。

这显然跟唐益群当年所处的时代有关——唐益群懂事在那个英雄主义被最广泛宣传的年代，那时候，你几乎随时随地都可以听到和看到诸如董存瑞、黄继光、邱少云等等能令你热血沸腾的英雄的名字及其事迹，因此，唐益群上小学后写的第一篇作文的题目，便是《我要做英雄》，而且，直到高中毕业考试时的那篇《我的理想》的命题作文中，唐益群依然这样情真意切地写道："理想！哦，朋友，请让我告诉你我的理想是什么吧——我的理想，就是要做一个'生的伟大，死的光荣'的人；我的理想，就是要让自己的名字和英雄的名字连在一起；我的理想，就是要……"

唐益群是这样说的，同时，他还以他那从小学到中学年年都被评上"三好学生"的实际行动，一步一个脚印地朝着自己的理想目标前进着。许多人都说：嗨，看来益群这孩子还真会有出息呢。

唐益群当然更相信自己的理想不是梦。

然而，许多年过去后，唐益群却只是从孩子变成了孩子的父亲，如此而已。而且，唐益群还根本不是个好父亲，因为他时不时会喝得醉醺醺的，然后就要么是家里百事不管地蒙头大睡，要么是瞪着血血红的眼睛大声地骂娘，有时候甚至还会借着酒兴去

第二辑 小梅的心事

赌博……

当然，唐益群不可能是一开始就这样的。事实上，高中毕业后，唐益群虽然没能读上大学，但他的志向依旧。只是，也说不清是从哪一天起的，唐益群那志向竟成了别人讥笑和嘲讽的对象："英雄？有钱才是英雄，没钱你就只配做狗熊呢，哈哈哈！""理想？你还是省省吧！这年头，吃喝玩乐才是硬道理，有后台、有靠山便有一切，所以，今朝有酒今朝醉就是理想……"

还有更直接地打击唐益群的：那一年，唐益群处了个自己满意对方也乐意的对象，但对方的家长竟将他的正直看作了窝囊，结果便以他是个"十足的大傻瓜"为由，硬生生地埋葬了他的初恋；还有，那一回，单位里分房子，按有关条件，唐益群是无论如何都能分到的，可最终公布的分到房子的名单中，却怎么也找不着他的名字，唐益群就去问领导原因，没想到领导在嗯嗯啊啊了一阵之后，居然王顾左右而言他地跟他说了这样一番话："你呀，条件确实是算不错的，只是……只是识时务者才是俊杰呀！"而唐益群第一次将自己用那种名叫酒的液体给灌得酩酊大醉，则是因为——这天他下班回家的路上，见一辆小轿车在撞倒了一位老太太后飞也似的当场逃走了，而且在场的人也都一副事不关己高高挂起的样子，于是他就满怀着气愤不假思索地抱起那老太太直奔医院，但他怎么也想不到的是，事后赶来医院的那老太太的子女，竟一口咬定他便是肇事者，他们还振振有词地说："不是你撞的是谁撞的？否则你会送我妈来医院？你想装雷锋？告诉你，雷锋早死了，你骗得了别人骗不了我们……"

"是啊，雷锋早死了，我怎么就没想到呢？"于是，那天晚上，还从来没有尝过酒滋味的唐益群在将一瓶白酒一口气倒进肚子后，便像鲁迅笔下的祥林嫂似的不停地嘀咕着这样一句话……

会说话的蚂蚁

看着唐益群那副一天比一天消沉、一天比一天颓唐的样子，人们就纷纷对他摇起了头来，说："唉，看来这唐益群是完了，真的是完了，彻彻底底地完了！"

但是，就在前不久，被人认定是"彻彻底底地完了"的唐益群，却做出了一件实在算得上是惊天动地的事情——

这天傍晚，因为在吃晚饭时受了老婆的气——原因是读小学三年级的儿子边吃饭边说他的一个同学的爸爸是局长，每天都用小轿车接送他那同学，唐益群却对儿子说那没什么光荣的，还说现在的官都是贪官，都不得好死，老婆于是便讥笑唐益群"就你这样窝窝囊囊的最光荣"。唐益群就准备找个地方喝酒去，在路过公园门口时，唐益群看到有几个小流氓正在调戏一个女孩子，于是，就像当初看到那被小轿车撞倒的老太太时一样，他又满怀着气愤不假思索地冲了上去，结果，那几个小流氓便朝他挥起了刀子……

唐益群被送进医院时已经没有了所有的生命特征。他身上一共被刺了九刀，其中有一刀直接刺穿了他的心脏。

唐益群便成了当之无愧的见义勇为的英雄。

不过，当地报纸上原本已预留了很大又很重要的版面的那篇关于唐益群英雄事迹的报道，最终却并没有见报。因为，记者在采访的过程中发现，这唐益群原来是个时不时会酗酒、有时候还会去赌博的人呢。这样的一个人，虽然他死得确实是十分的英雄，可那"英雄本色"又在哪儿呢？而大张旗鼓地去宣传一个并无"英雄本色"可言，倒是随随便便就可以从他身上找出来一大堆的不是来的人，又怎么能够起到诸如教育人、鼓舞人等等的作用呢？

有人甚至还在私下里疑窦丛生：唐益群真的会那么英雄么？他又怎么可能会那么英雄呢？他会不会是喝醉了酒之后跟小流氓打架

而被刺死的呢？

也就在这时候，有一个白发苍苍的人将他写的一篇题为《英雄本色》的文章送到了报社。这是一篇纪念唐益群的文章，文章中这样写道："因为曾经深深地受到过诸如董存瑞、黄继光、邱少云等等能令人热血沸腾的英雄人物及其事迹的感染与熏陶，因为曾经由衷地想着要像英雄一样去做人……这就是唐益群今天能成为英雄的最根本原因之所在，这就是唐益群的英雄本色！"

写这篇文章的那个白发苍苍的人，是唐益群的小学老师。

非常愿望

在杨小山那想"成为一只小狗"的非常愿望里，你会看到那真的是"一只充满着人性和人情的小狗"，同时会看到故事以外的故事。

因为刚学完一篇名叫作《愿望》的课文，所以，在接下来的作文课上，我就以《我的愿望》为题，让学生去写写自己的愿望。

当然，按照惯例，在学生正式动手写作之前，我先安排了一个口头交流的环节，请学生先来说说自己将要写的愿望是什么。

一时间，教室里的学生就像那刚打开的蜂箱中的蜜蜂一样，嗡嗡声一片——这个很是庄重地说"我的愿望是长大后要做一个造福人类的科学家"，那个极为严肃地道"我的愿望是将来能成为一名保卫国家的解放军战士"，另一个……

很显然，学生们所说的愿望都有点老套。不过，在这些确实是有些老套的愿望中，又毕竟都寄托着学生们美好的情感和积极的精

会说话的蚂蚁

神呢。所以，我就一边认认真真地听着，一边毫不吝啬地给了这个学生"你的愿望很宏伟，老师愿你的梦想早日成真"的赞扬，又给了那个学生"你的愿望很美丽，老师祝你的理想尽快变成现实"的肯定，同时也不忘这样去鼓舞和勉励大家："所以呀，为了不让我们那宏伟又美丽的愿望成为一句空话和一种空想，现在的我们就一定要做到好好学习、天天向上呢！"

然后，我便准备将课堂的环节由说转到写了。

就在这时，我意外地发现在教室最后面靠右边的那个角落里，还倔强地举着一只小手。

举手的学生名叫杨小山。

这是一个随着打工的父亲，从远在千里之外的西部的大山深处来到我们这里的孩子。在平时的课堂上，就像他的名字一样，杨小山是那种更喜欢如山一般保持着沉默的学生。现在见他居然举着手，而且这手还很可能是已经举了不短的时间了，我不由得有些喜出望外，就马上取消了原来那要将课堂环节由说转到写的计划，请他也跟大家说说自己的愿望是什么。

杨小山便站了起来。

"我的愿望是……是要变……变成一只小狗……"

杨小山结结巴巴地给了我又一个意外。不用说，这样的意外立即就在教室里引起了哄堂大笑。

杨小山的脸就让大家一下给笑红了。

不过，那阵哄笑过后，我也听到有学生在下面嘀嘀咕咕地赞同着杨小山。

这个深有感触地说："其实我也很想变成一只小狗呢，因为，变成了小狗，我就不用再这样每天都要背那么重的书包、做那么多的作业了呢！"

那个无比羡慕地道:"是啊,那些小狗的日子过得多轻松、多愉快呀!"

另一个……

"不,我不是因为这……这些才……才要变成小……小狗的!"这时候,满脸通红的杨小山却这样坚决地打断了别人的话头。虽然他的语调依旧是结结巴巴的,但这结结巴巴的语调里,又满含着如同他先前举着的手那样的倔强。

这无疑是杨小山所给我的第三个意外了。于是,我就带着由这意外所引起的纳闷,这样问他道:"那么,你究竟是为什么才想让自己变成小狗的呢?"

"为了我妈妈。"杨小山脱口回答。

接着,已由满脸通红一下子变成满脸泪水的杨小山,便语调竟一点也不再结巴地这样告诉大家道:"我爸带着我来这里打工,是为了挣钱给我妈治病。我妈的病已得了快三年了。上次我爸带着我回家去时,一直只能躺在床上的我妈说,因为我和我爸都不在她身边,所以,孤单的她很想家里有一只小狗,这样……"

听到这里,满脸泪水的,自然已不再是杨小山一个人了。

当然,请各位放心,有着这样一个非常愿望的杨小山的妈妈,如今已不再孤单了——就在半个月前,在很多很多人的关心和帮助下,她被接来住进了我们这里的医院。于是,不但杨小山每天放学后都可以去看她和陪她,我和我们班里的学生,甚至还有别的班里的许多学生,也都常常会捧着鲜花或者是拿着水果去看她和陪她……

是的,我们都愿做那样的一只小狗——一只充满着人性和人情的小狗。

非常爆炸

在那"非常爆炸"声里,我们不仅仅看到了甜甜家的电视机被炸得粉碎,同时还分明听见了这样的无言呐喊:还我快乐的童年!

甜甜今年七岁,过完这个暑假,她就要去市实验小学上学了。

说起来,这个暑假也实在是太叫甜甜难忘了——因为市实验小学是一所重点学校,又因为甜甜能进这所学校是爸爸妈妈托了好多好多人的结果,所以,从暑假开始后的第一天起,爸爸妈妈便在给甜甜买了一本又一本"小学入门"之类的书要她看的同时,还让甜甜不分白天黑夜地去上一个又一个的"学前班"。爸爸妈妈说那是为了能使甜甜提前适应紧张的学习生活。但甜甜在这个暑假中最关心的,却是电视里正在热播的连续剧《西游记》。这不,这天下午,趁爸爸妈妈都上班去了,甜甜就又偷偷地打开了家里的电视机。

今天的《西游记》放的是"三打白骨精"那一集。"他是白骨精,孙悟空你快拿金箍棒打他呀!"见白骨精又摇身变成了一个老头子,想来骗孙悟空,电视机前的甜甜便忍不住大声叫了起来,同时急得她脑门上都冒出了细细的汗珠。

也就在这时,甜甜忽然听到了开门的声音。一定是爸爸或妈妈回来了!甜甜就连忙关了电视机,同时想尽快逃进自己的房间里去。

但铁青着脸的爸爸此刻早已经站在了甜甜的面前。"谁让你看电视的?!"爸爸吼道。

第二辑　小梅的心事

"我没……没看电视呀。"甜甜低着头小声回答。

这时,爸爸就过来抓起甜甜的手放到那电视机的后盖上,说:"你没看电视?你没看电视,那电视机怎么会是烫的?!"

说着,脸色更加铁青的爸爸便将甜甜一把拖进了她的房间里……

甜甜就一个人在自己的房间里伤心地哭了很长的时间。接着,一心牵挂着孙悟空的甜甜,便在眼珠子骨碌碌一转后走出自己的房间,再次偷偷地打开了客厅里的电视机……

然后已是这天的晚上了。吃过晚饭,在连哄带骂地将甜甜赶进她自己的房间去看书之后,爸爸妈妈便一同坐到了家里的电视机前,"嗒"的一下……

突然,只听见"轰"的一声,甜甜家的电视机爆炸了!

甜甜的爸爸妈妈都被炸成了重伤。然后,躺在医院病床上的甜甜的爸爸妈妈,便听到了保险公司和电视机生产厂家对这起事故的调查结果:电视机里进了水。

"不可能!我家的电视机怎么可能进水呢!"甜甜的爸爸妈妈根本不相信那个调查结果。

这时,一旁的甜甜哭着小声说道:"电视机里的水是……是我浇进去的。"

"为什么?你为什么要往电视机里浇水?"

"因为……因为浇了水,电视机就……就不会发烫了……"

69

非常控告

一名见义勇为少年的英勇牺牲，引出一场关于教育（事实上又不仅仅是关于教育）的非同寻常的控告。

一夜之间，王远程那原本全胖嘟嘟的父母便都瘦得脱了人形，他们那满头的黑发，也都一下子变成了灰一片白一片。

正在读小学五年级的王远程今年虚岁十三。长着一张红扑扑的椭圆脸、一双亮晶晶的大眼睛的王远程，还是学校少先队的副大队长。不用说，王远程是个门门功课都很出众、其他各方面的表现也全十分优秀的好学生。老师们因此都说：哦，像王远程这样的孩子，今后一定会跟他的名字一样，有美好的远大前程呢！

但是，王远程那美好的远大前程，却已在那天下午画上了句号。

那天下午放学后，跟往常一样，王远程是蹦蹦跳跳着踏上回家的路的，一路上，他嘴里还一直在哼唱着他们班明天参加全校歌咏比赛时要唱的那首《少先队队歌》：

……

坚决斗争

向着胜利勇敢前进

……

前面是闹市区。过了那儿，王远程的家也就在眼前了。已经觉得有点肚子饿了的王远程，便自觉不自觉地加快了脚步。而在经过那儿的百货大楼门口时，无意中，王远程突然发现有个小伙子正在摸一位阿姨的口袋！

小偷！王远程不由得立刻在心里叫了这么一声，与此同时，老师那诸如少先队员一定要见义勇为的教导，也便再次在王远程的耳边响了起来。于是，几乎想都没想，王远程就马上不顾一切地冲上前去，一把抱住那小偷的腿，一边大声叫着"小偷！我抓住了小偷！我抓住了小偷"！

这时候，见自己已一下没法脱身，那小偷便凶相毕露，迅速从怀中拔出来一把尖刀，一下刺进了王远程的胸膛……

今年虚岁13的王远程，就这样永远地闭上了他那双亮晶晶的大眼睛。

当然，王远程不但死得很英勇，也死得很光荣——王远程牺牲后，从上到下的各有关部门，纷纷授予他"英雄少年"、"见义勇为好少年"、"少年标兵"等称号；报纸、电视、广播都在最重要的版面和时段，大量报道他的事迹。特别是王远程生前所在的学校，一方面十分隆重地在全校上下掀起了"向王远程学习，以王远程为荣"的高潮，一方面非常认真仔细地对学校德育工作所取得的突出成绩作了全面总结，同时组织了一个"王远程事迹报告团"，到处去做宣传演讲……

也就在这时，始终沉浸在巨大悲痛中的王远程的父母，却将一纸诉状交到了当地的法院——他们控告学校对尚未成年的学生所一味强调的有关见义勇为的教育，是一种无视甚至是轻视生命的教育，并要求学校对王远程的死负应有的责任！

这……法院会或者说是应该受理这样的上告么？又会或者说是应该做出什么样的判决呢？这样一种非同寻常的控告，实在是太出乎学校，也太出乎许许多多人的意料了。所以，方方面面都对此议论纷纷……

会说话的蚂蚁

成人教育

这是一场围绕着"人生一世,应该做个好人"的主题而展开的父子对话。只可惜理想很丰满,现实却又是那样的骨感。

儿子,你一定记得今天是你18岁的生日吧?这可是个非常有意义的日子,比以前的每一个生日都要有意义。因为,从今天起,你就是个成人了。所以,儿子,爸爸我有话要跟你说说。

您说吧,爸爸。

好。你听着,儿子:成人既是身体走向成熟的标志,也是肩头负有责任的开始。就是说,从今以后,你便是这个社会的正式成员了,你已有权享受社会能给予你的一切,同时,你又要对社会尽方方面面的义务。

……

儿子,你一定要记住,做人最重要的是有良心。不仅对自己、对家人、对朋友要有良心,而且要对全社会、对所有的人有良心。

……

有一句话说得很好:我为人人,人人为我。你只有心里常想着别人,别人也才会把你看在眼里。

……

人生一世,最难做到也最可贵的,就是要让人始终说你是个好人。

……

对了,儿子,你可千万不能把吃、喝、玩、乐当作自己奋斗和追求的目标。只有有了远大的理想，你这一生才会充满前进的动力。

……

当然，几十年来，爸爸我虽然一直平平凡凡的，但我觉得自己又一直是坐得正、立得直的。说起来，这也便是我最大的骄傲和自豪了，儿子。

……

是的，你现在还在读书，儿子。读书的不容易，其实共有两个：一是不容易真正把知识学好，二是不容易完全懂得书中讲的那些做人的道理。所以，儿子，你既要争取考试得满分，更要争取把那些道理都弄懂弄通。

……

对了，儿子，我知道你还没有入团。等会儿回家后，你就去写一张入团申请吧。事实上，爸爸我是15岁就入团的。我要告诉你的是，入团不是为了外面的衣服上有一个团徽可别。不，你可不能小看这纽扣一样大小的东西，儿子。它实际上是一只眼睛，又是一位知己；它会时刻看着你，它会发现你在做不应该做的事、在说不应该说的话，然后它就会提醒你，甚至会警告你。

……

还有，你日后必须——喂，儿子，我说了那么多，你怎么一声不吭呀？你到底是不是在听呀？

我在听呢，爸爸。我也知道您说的都是对的、正确的，爸爸。可是，爸爸，为什么明明是那么多的人都看见有人在抢项链，却只有您一个人上去抓那坏蛋呢？又为什么在您连中三刀倒下后，会连那个保住了脖子上的项链的人也不动手送您来医院呢？更为什么您这回的医药费是到今天还谁也没有吐口说给报销呢？还为什么……

……

会说话的蚂蚁

小梅的心事

同学以为的小梅的情书，原来是她写给自己那局长爸爸的一封家书，而且，那是一封充满着小梅的别样"心事"的家书。

大家都看出来了：小梅这几天有心事——要不，原本总是走路风风火火说话男腔男调的她，又怎么会变得整天埋着个头一声不吭了呢？

便有好事又调皮的男生来寻小梅的开心，说：梅小姐你怎么啦？是不是想要一个护花使者？怎么样，在下我够不够资格呀？平时与小梅关系一直很好的几个女生，也都悄悄地问小梅：喂，你到底是怎么回事嘛，满脸"成长的烦恼"——究竟是哪个坏小子在欺负你，还是你看上了哪个"白马王子"呀？甚至连班主任王老师也因此找小梅谈了话，道：小梅同学，我们生活在一个集体里，在这样的集体里，大家应该有福同享有苦共担嘛——你有什么心事，哪怕是难言之隐，都没必要瞒着大家呀。

但小梅却一律回答说：没事，我没事，你们不要胡猜乱想。

当然，小梅说的并不是真心话。小梅这几天确实有心事。只是，小梅不愿将自己的那个心事告诉任何人。因为……

因为什么呢？嗨，说出来你都可能不大会相信：小梅的心事，源于她父亲最近当上了局长！

真的，这应该是件喜事嘛——很多人都在为自己没有当官的家长而苦恼而遗憾呢。

第二辑 小梅的心事

但是，小梅在得知自己的父亲当上了局长之后，虽然也曾情不自禁地高兴过一阵子，可接着她便有了心事。而且，大约是这心事只能藏在自己肚子里的缘故，原本总是走路风风火火说话男腔男调的她，便终于变得整天埋着个头一声不吭了……

不过，这一天，有人在见小梅将一封信扔进了邮筒之后，便终于看到她的脸上露出了如释重负的微笑。

于是，一时间，"小梅到底把情书寄出去了"的"特大新闻"，便在班级里沸沸扬扬地传开了。只是，直到如今，大家还并不知道小梅那天寄出的，其实是给她父亲的信，而且，她的信中是这样写的……

爸爸，因为我已从电视中、报纸上看到过太多的有关贪官污吏的新闻报道，所以，女儿我在为你能成为一局之长而高兴和自豪的同时，很希望你不要也成为如那些新闻报道中一样的一个局长，不要让别人有一天指着我的后背说：瞧，她爸爸最近被……

公园门口

曾经发生在公园门口的一个平常故事，却因它最终导致了故事的主人公锒铛入狱，甚至还引出了一场实在是令人发指的命案，而显得那样的不平常。

公园门口是个很热闹的地方，很热闹的地方总是常有故事发生。

这不，故事说发生便发生了——在那熙熙攘攘的人群中，一个

会说话的蚂蚁

六七岁的小男孩突然挣脱了紧紧牵扯着他的母亲的手，燕子般地飞向前去，从地上捡起来一个鼓鼓的钱包，然后拉住前面一个女人的衣角，说："阿姨，给你，这是你掉的！"

那女人先是一愣，用手按了按口袋后又一惊，转眼望着面前的小男孩便一喜，紧接着她就连声说道："谢谢你！小朋友，谢谢你！"

然后，女人便从刚接过手来的钱包里摸出来几张钞票，使劲往小男孩的口袋里塞，但小男孩却一边嚷道"不要不要我不要"，一边如水中的鱼儿一样又跑回他母亲的身边去了。

目睹这突如其来的一幕的母亲，先是有些吃惊，随后便将小男孩拉到一边，压低嗓门道："你呀，真是个傻小子！"

小男孩似乎很明白母亲指的是什么，就说："那是人家的钱包呀！"

"人家的？到了你手里，又没人看见，不就是你的了么？"母亲继续悄声地跟儿子说道。

于是，小男孩便显得有些疑惑，就抬起了头，睁大着眼睛去望那积着云堆的天空……

当这小男孩长到十八岁的时候，由于涉嫌一桩谋财害命案，又被确证系主犯之一，于是，这个已不再是小男孩了的小男孩，便锒铛进了监狱，最终又被判处无期徒刑。

就在服刑期间的一天晚上，也不知是用了什么办法，这个已不再是小男孩了的小男孩居然逃出了那戒备森严的牢房。第二天，追捕的公安人员在他家里找到了他。但那时候他已经死去。他是自己将自己杀死的。一柄长而锋利的西瓜刀，穿透了他心脏处的前胸后背，而紧握这西瓜刀刀柄的，便是他那双还未完全长结实、长丰满的年轻的手。同时，公安人员又十分意外地在他家的另一间屋子里，发现了他母亲的尸体。他母亲是被人扼住咽喉而死的。而经法医证

第二辑　小梅的心事

实,他那紧握西瓜刀刀柄的双手的指甲缝里,便留有他母亲咽喉处的肉渣……

"这可真是个泯灭了人性的丧尽天良的亡命之徒呵!"

这一案件实在令人发指,人们便都这样评价着这个十八岁的小男孩。

然而,那个看了几十年的公园大门,曾经目睹过发生在公园门口的无数个故事的老头,在听说了其人其事,又看过了报纸上和电视里的那个小男孩及其母亲的照片之后,却忍不住沉沉地摇了摇头,又深深地叹了一口气,同时这样感慨道:"唉,这可真叫作作孽呀……"

始料未及

不管是父与子之间,还是人与人之间,谎言——即使是善意的谎言,哪怕是所谓美丽的谎言——都只会导致始料未及的后果。

那天,父亲有事外出,七岁的儿子说什么也要跟着去。父亲灵机一动,便这样对儿子说道:"你还是乖乖地待在家里吧,你外婆过会儿要来我家呢。"

儿子听了父亲这话,就不再嚷嚷我也要去了。儿子最喜欢外婆。儿子天天都在盼外婆来——外婆不仅会给他带来许多好吃和好玩的东西,还会给他带来许多好听又有趣的故事呢。

父亲就这样脱了身。儿子则搬了个小凳坐在门口,眼睛一眨也不眨地盯着门外的那条大路。那是外婆来的唯一的路。那条路上曾走来多少好吃又好玩的东西和好听又有趣的故事呵……

会说话的蚂蚁

然而，直到儿子的眼睛都盯得酸了，直到太阳都倦得躲到西边的山岳睡觉去了，外婆的影子却还没有见着，倒是父亲已办完事回家来了。

"你傻坐着干啥呀？等爸爸么？"父亲问。

"外婆呢？外婆为啥还不来呀？"儿子说。

父亲于是就笑了，他还边笑边伸出右手的食指，在儿子的鼻梁上轻轻一勾，道："傻小子，骗你呢。"

儿子于是恍然大悟，就握紧两个小拳，使劲地擂着父亲的屁股，嘴里还一迭声地嚷着："坏！爸爸坏！爸爸你坏！"

"谁叫你自己上当受骗呀！"父亲则一边装模作样地捂着自己的屁股，一边忍不住大笑起来……

这以后的一天，天下着大雨，父亲下班刚到家，还没来得及脱去衣披，儿子便上来告诉他说："爸爸，刚才李叔叔来过，他叫你去他家。"

"李叔叔没说有什么事么？"父亲问。

"李叔叔说有很要紧的事找你呢。"儿子说。

于是，父亲连忙又跳上自行车，朝李叔叔家骑去……

大约四十分钟后，父亲回来了。父亲的自行车叫烂泥巴又重新漆了一遍，父亲的两只鞋和两条裤管也都成了烂泥巴的颜色。父亲脸上满是雨水，就像刚从水里爬出来一般。

"好小子，竟敢骗人，看我不好好教训你！"父亲一进门，便气咻咻地一把揪住了正兴致勃勃地在搭积木的儿子。

可这时的儿子却咧开才换掉门牙的小嘴笑了，而且笑得很开心，还边笑边说："谁叫你也上当受骗了呀！"

听了儿子这话，父亲不禁猛然记起了自己当初骗儿子的那一回。因此，父亲那已经高高举起在半空中的巴掌，也就有些不好意思往儿子的屁股上辟去了……

根据"礼尚往来"和"买卖公平"的原则，这对父子之间已你哄过我一回、我骗了你一次，算是两厢清账了。然而，始料未及的是，或许是忘不了先前的教训的缘故，这之后，每当父亲告诉儿子什么的时候，儿子总会多心地问父亲一声："你不骗我吧？"同样，遇上儿子给父亲说什么的时候，父亲也往往要狐疑地反复跟儿子核实："这是真的么？"

事与愿违

孩子当然不应该离家出走。而做父母的，同样不应该只顾将自己的理想全都寄托在孩子的身上，更不应该只顾让孩子成为读书的机器。

杨女士的最大愿望，是儿子张大学初中毕业后能考上重点高中——这样，儿子上大学就不会成什么问题，自己当年那个圆不了的大学梦，也就可以在儿子身上变为现实了。

杨女士今年正好40岁。像她这样年纪的人，虽然正处在所谓"正当年"的人生阶段，但经历又实在是太沧桑了：十七八岁时遇上的是上山下乡，只好丢下书本去跟贫下中农打成一片；二十七八岁好不容易回了城，找工作时却碰到了有文凭才能进好单位的问题；而到了三十七八岁，又赶上了到处都在风起云涌的下岗大潮——也正是因为有着这样的经历，杨女士便从一开始就把儿子的读书当成了自己的头等大事。想当初，杨女士不顾丈夫的反对，坚决要给儿子

会说话的蚂蚁

取上"大学"这个名字，其实也就是她的理想的一种寄托呵！

应该说，儿子张大学并没有辜负杨女士的期望：从上小学一年级开始，他的学习成绩都年年不仅在班级里，而且在年级里也是名列前茅的。对此，杨女士觉得很宽心又很自豪：我儿子真叫争气呢。

不过，近半年来，杨女士的心却又一直提在了嗓子眼上——这不仅是由于儿子张大学已到了最为关键的初三阶段，更因为现在的学校里都在搞什么"减负"！这不，儿子的回家作业是越来越少了，上学的时间也比原先推迟了许多，放学的时间又比原先提早了不少……照这样下去，儿子还能顺顺利利地考上重点高中么？

杨女士不能不要担心和着急起来了。她甚至还去跟她儿子所在学校的校长提过意见，说："我儿子他们现在是初三，是关系着他们将来的前途和命运的生死存亡时刻，所以是不仅不能搞什么'减负'，还应该加班加点才对呢！"

但校长当然不会接受她的意见。校长说："'减负'可是中央的决定呢，我就是头上长着十个脑袋，也绝不敢顶风作案呵！再说，眼下反正是大家都在'减负'，所以你也用不着过分为自己的儿子担心嘛。"

从学校回家的路上，杨女士思前想后，都觉得至少是必须自己想办法把学校已经给儿子减去了的那些"负担"再加上去才好。虽说眼下确实是大家都在"减负"，但谁能保证别的家长不在给他们的孩子加班加点呢？要是人家都在暗地里使着劲，你不使劲不就明摆着要吃亏么？总之一句话，让儿子多学点，再多学点，总不会是件坏事！

于是，就从这天开始，杨女士便给她的儿子张大学天天晚上请了三个小时的"家教"，她还去新华书店买来了一大堆《中考指南》之类的书或练习册，规定儿子每天必须做多少多少页，甚至还规定儿子晚上不过十一点钟不能睡觉……

儿子自然要叫苦了,他甚至还向母亲抗议说:"你这是在违反党中央的指示呢!"

对此,杨女士声色俱厉地教育儿子道:"吃得苦中苦,方为人上人。你要是现在不苦一些,将来又怎么能够出人头地?"她还语重心长地对张大学说:"我借了钱来给你请'家教',给你买书,究竟是为什么?还不是为了你好?还不是为了你能……"

说到这里,杨女士不禁流出了眼泪来。这眼泪似乎也终于感动了她的儿子张大学,只见他到底是默默地又乖乖地重新回到自己的房间中去了……

但就在昨天,在离"中考"已经没多长时间了的时候,杨女士却突然发现儿子张大学不见了!而东寻西找的结果,是她只看到了儿子留在他的写字台上的一张纸条——张大学说他是怕再这样下去自己会发疯,或者至少是会变成一台读书机器,所以便决定了离家出走……

格格息怒

"一个中心,两个基本点"的家庭格局,演绎出一幕应该归属于家庭教育的轻喜剧。只是,这样的轻喜剧可能很难让人真正笑出声来。

实话跟你谁吧,在我们家,若以年纪排辈,老大当然是我了;但如果以权威论资,那"状元"的名分,却又非我老婆莫属。因此,

会说话的蚂蚁

多年来，我这个大哥哥丈夫，实际上一直在受着小妹妹妻子的"剥削和压迫"呢！

不过，如今的情况已经不同了——如今，我们已有了七岁的女儿，而七岁的女儿在家里的权威，实际上早已经比她母亲更加母亲了。真的，跟千千万万的国内家庭一样，我们家现在的格局也是"一个中心，两个基本点"：那"中心"自然是女儿，我和老婆，只不过是环绕着女儿这颗太阳团团转的两个小行星而已。

当然，从理论上说来，这样的格局对我并没有什么好处，相反还只能使我在家里的地位更加的岌岌可危——先前已经有老婆常骑在我头上作威作福，现在又多了个女儿可以随时随地在我面前发号施令为所欲为，我这不是将受到双重的"剥削和压迫"么？但正如一位名人所说的，理论有时候是极为苍白的。也就是说，我从这样的格局中，实际上看到了对我极为有利的一面：在高高在上的女儿面前，老婆和我事实上处于同一条地平线上，我是个小行星，她也不过是个小行星罢了，而要是我能在女儿身上多花点功夫，设法将女儿拉到自己这一边来，那么，整架夫妻的天平，就无疑会向我"夫"这一边倾斜了呢。

于是，我便按照既定方针，平时总是投女儿所好，千方百计地去讨得她这位小小年纪的"老人家"的欢心。这里，咱别的不说，就讲讲这样一件事吧——

平时，我们家的电视机一直是由我老婆霸占的。当然，这对我也有好处，因为老婆她一旦坐到了电视机的面前，就会暂时忘记骑到我头上来作威作福。不过，这同时又常常要令我十分的恼火，原因是她总不肯换掉那些港台连续剧的频道，以便让很关心国家大事的我看中央电视台的新闻联播，不仅如此，她还老是要把电视机的音量开得震天动地，使得喜欢静静地读书写字的我，常常被那些或

第二辑 小梅的心事

者是哭哭笑笑或者是打打闹闹的连续剧搅得心神不定……对此，我自然得想点"翻身求解放"的法子。可到底有什么好法子呢？最近，总算有"小燕子"帮了我的大忙——这一阵子，不是有很多家电视台都在播放那什么《新还珠格格》么？说起来也有点怪，我那老婆虽然可以拿电视连续剧当饭吃，但她对皇上呀格格呀一类的古装连续剧却并不喜欢，宁愿死心塌地去看那些老公啦太太啦情人啦之类的现代连续剧；而我那女儿，大约是受了她母亲的蒙骗的缘故，竟也不知道电视里正有只"小燕子"在疯狂地飞来飞去。当然，她不知道我可以让她知道。于是，有一天吃过晚饭，趁老婆上卫生间的机会，我便如此这般地跟女儿说了"小燕子"的事，为了保证能达到自己那"不可告人"的目的，我说的过程中自然还添了不少的油加了不少的酱。这样，等到老婆从卫生间出来，想去拿那电视机的遥控器，准备继续看她那部比一卷卫生纸还要长的连续剧的时候，女儿却早已神气活现地坐在了电视机的前面，还干干脆脆地扔给她这样一句话："今晚上你啥也不准看，我要看小燕子！"

望着老婆那副无可奈何的神色，我不由得在心里暗自幸灾乐祸地大笑了起来。

可惜我的那种笑并没能持续多长时间。因为，就对我的读书写字的不良影响而言，女儿的看电视与老婆的看电视其实是一模一样的，而且，女儿她甚至还有过之而无不及——她在看电视的过程中，还常常要声音十分刺耳地大叫大嚷，有时候甚至还要一边叫嚷，一边乒乒乓乓地顺手乱扔身边的东西……

这不禁让我很是后悔，后悔自己的得不偿失——早知道她会这样，还真不如随她母亲的便呢。要知道，老婆看电视时，毕竟是不会如此大叫大嚷还乒乒乓乓地乱扔东西的呀！

但这又不过是个"序曲"而已，此后还有更叫我后悔的——在

会说话的蚂蚁

接连几个晚上与那"小燕子"一起疯狂之后，也不知道是不是为了对我的"无偿提供信息"进行回报，某一天晚上，女儿竟提出来要我从此以后也天天晚上陪她一道看那"小燕子"！

"这……我……哦，爸爸是不能看这小燕子的，这小燕子是专门给小孩子看的呢。"我想了想后这样说。既然"太阳"已经提出来要这样那样，"小行星"当然是不可以随随便便不听话的。我便只好也采用类似于蒙骗的办法，希望自己能混过这一关去。

谁知道，听了我的话后，女儿立马拉长了脸，同时哗啦一下便将我手中那本正在看着的书夺了过去，然后狠狠地扔到地上，还踏上了一只脚，说："我要你看小燕子！你就要看小燕子！"

接着，她干脆还哇啦哇啦地哭了起来，一边哭，一边还这样大叫大嚷着："我要你看你就要看！我是小燕子！我是格格……"

这下我可慌了，"太阳"发怒了呢！又怎么能惹"太阳"发怒呢？要是"太阳"怒坏了身体怎么办呢？她可是我那"革命事业"的唯一的接班人呵！

于是，我只得连忙低了头弯下腰，小心翼翼又恭恭敬敬地对女儿道："英英——哦，不，格格息怒，我这就跟你一起看电视去……"

这时候，我看见旁边的老婆正在暗自冲我挤眉弄眼地笑着。当然，那也是一种带有幸灾乐祸味道的笑。

第三辑　皇帝的指甲

这是一间属于奇幻的暗房。这间奇幻的暗房里所显影的，既有实在有些不可思议的《死而复生》的《皇帝的指甲》，又有充满着特殊气息的《猫性》的《猫与鼠的爱情》，更有《外星人ABCD的地球之行》后留下的那份《关于克隆人的深度报告》。当然，你还会很真切地听见从那里传出来的《峨眉山的猴子》那声殷殷切切的《请你抱抱我》的请求。

死而复生

人死居然可以复生，这自然是件不可思议的事情。不过，张三所述说的他死而复生的原因，却并没有不可思议的味道。

那场车祸是在光天化日、众目睽睽之下发生的。

当时，眼望着车轮下那个血肉模糊的遇难者，人们全都恻隐之心大动、同情之泪横流，纷纷慨叹"好惨真惨实在是太惨了呵"，有认识遇难者的，还不禁睁圆了不愿相信现实的眼睛失声叫喊起来：

会说话的蚂蚁

"怎么会呢？！张三怎么会就这样死了呢？！"

张三却确乎是死了。八吨东风大卡的车轮该是何等的沉重有力，而且又是劈面相撞，这无疑比以卵击石还要以卵击石呀。因此，在那尖刺的刹车声猝然响起的瞬间，可怜的张三便已猝然停止了呼吸，心脏也已毫无动静！

然而，被人纯粹是程式化的送进医院，并在医院的急救室里无声无息地躺一整个夜晚之后，张三竟奇迹般的翻动起了他那只尚且完好的右眼的眼皮，一边已豁了口的嘴里，还发出了断断续续的声音："我……渴……"

三个月之后，张三出院了。只是，死而复生的张三，已完完全全地跟原先的他是判若两人了。

首先自然是张三的模样。他整个的左半边脸几乎已不复存在，一只手齐刷刷的没了指头，一条腿自膝盖以下不再由血脉和骨肉组成，胸间还嵌着三根钢质肋骨……

但更让人陌生的，还是张三的行为。尽管他的举手投足本身并无什么怪异，可原本有口皆碑的宽厚朴实，却是荡然无存了。本来，据交通管理部门查实，那车祸的发生并非完全错在司机一方，而车主倒是出于同情等等原因，主动承担了全部责任，并经公证处公证后，自愿将张三日后的全部医疗和生活费用一包到底。对此，人们都说这实在是张三不幸中的大幸了。可张三不以为然。他还横缠竖闹、软磨硬逼地非要车主每月再另给他五百元的营养费不可！而在这一无理要求也被宽宏大量的车主答应后，他对所得到的那笔钱，却又决非用于"营养"，而是常拿它去光顾在他出事前曾多次愤然建议该用原子弹去彻底解放的"红灯区"……

对此，人们当然要深感不解了：死都死过一回了的张三，这到底是彻底想开了呢，还是依旧想不开呀？

第三辑 皇帝的指甲

一天晚上，张三被该市警方的一场"沙漠风暴"刮进了派出所的大门。瞧着张三的模样，那些个警察不由得又气又好笑地问他："喂，你究竟哪来的心思寻欢作乐呀？"

张三听后，先是低头不语。后来，眼见着另外几个"嫖友"因态度不老实而遭了滋味肯定不会怎么好受的教训，他终于讷讷又喃喃地"交代"了起来。

我本来早死了。那天，在撞上汽车的一刹那，我分明看见自己的灵魂已飘进了那阎罗大殿，而且当时的我也很平静和坦然。人固有一死嘛。所以，我就主动向阎王通报了自己的生辰八字和姓名籍贯，之后，当那阎王问我在人世间经济上是否清白又跟多少女人睡过觉时，我还很是问心无愧地如实告诉阎王：我是个老实本分的工人，在经济上，我除自己应得的工资奖金外，从未受过哪怕是一分一厘的不义之财；至于女人，除了自己的老婆，我始终不曾动过半点非分之念……我以为阴间可能也在搞反腐扫黄之类的运动。我便想象着像我这样的人是一定能死得其所的。然而，那阎王却在听了我的回答后，龇牙咧嘴地怪笑了好一阵子，然后，阎王便说我这一世活得实在是太窝囊也太不值了，因此就硬让身边的小鬼将我赶出大殿，并这样关照我：时代早变了，你们人间大张旗鼓地所搞的什么反腐扫黄之类的运动，只能说明那"腐"与"黄"之类可是你们人间的潮流和时尚呢，所以，你还是重新去人间潇洒走一回后再来吧……

"我是怕死了都不受欢迎呀，所以……"

哦，张三的这番话真是太出人意料也太令人震惊啦！当然，也有人说：这完全是那该死的张三在胡言乱语、胡说八道！

天上人间

　　故事确实发生在天上，但故事中的这事那事，又同样确确实实是属于人间的这事那事。莫非这就是"天上人间"的说法的来历？

　　七天前，一场突如其来的车祸，夺走了张三那虽已年过六十却依然很是健康的生命。

　　不过，张三是可以瞑目的。因为，他死后，由于他生前为人正直、清白又善良，所以便被阴间人事部安排进了天堂。

　　哦，天堂，我能进天堂呢！在接到天堂人事部的有关通知时，张三的激动与喜悦实在是难以言表。为此，在临去天堂前，从来都不曾跟人说过半句带点儿刺的话的张三，还忍不住对与他一起去世，却因生前作恶多端而被发落下到阴森恐怖的地狱去的李四，说了这样的一番话：老兄呀，你现在该知道了吧，这就叫"善有善报，恶有恶报，先前不报，只是时间未到"呢！

　　然后，张三便轻快地哼着他还不曾忘记的人间那首"好人一生平安"，踏上了去天堂的路途。

　　当然，通往天堂的路途自然是极为宽广平坦的。不仅如此，道路两旁还铺满了芬芳馥郁的各种各样的鲜花，甚至还处处可见"恭喜您进入天堂"、"欢迎您来到天堂"及"天堂才是您最最理想的家"之类的大幅标语……走在这样的路上，张三不由得连对还在人间的老伴、儿子、媳妇、孙子等亲人的牵挂也给忘记了呢。嗨，我张三这实在是死得其所又死得值得呵！张三边走边这样想着。

第三辑　皇帝的指甲

就在这时，张三猛然听见了一声断喝：站住！

原来，张三已在不知不觉间来到了天堂的大门口呢。此刻，有两个人正拦在李四的面前——他们是天堂的守门人，那一声断喝就是由他们发出的。

见此情形，一路上始终显得兴高采烈的张三，便连忙从上衣口袋里摸出来他的"天堂入住证"递上前去，同时一如他在人间时那样，跟那两个守门人好声好气地打着招呼：两位好，我是新来的，我名叫……

谁不知道你是新来的？废话！

没想到那两个守门人竟会这样说话。当然，张三是不会去计较这些的。也正因为能做到从来都不去跟别人计较什么，所以张三才会在死后升入天堂呢。是的，张三现在只想着自己能快点跨进这天堂的门槛。

可那两个守门人依然挡着张三的道。

两位，你们这样挡着，我……我怎么进去呀？张三自然很不明白那两个守门人为什么要挡他的道，就忍不住这样问道。

进去？这天堂的大门是说进就能进的么？我们还没检查你的行李呢！

这……可是，我来的时候，人事部首长告诉我这儿只凭"天堂入住证"，其他都是免检的呀。

没错，首长是这么说的。但守这大门的是我们而不是首长，所以，我们说要检查就得检查！

听了这样的话，张三在觉得实在是太不可思议了的同时，不禁油然记起了自己活着时在人间所见过的种种现象，然后，他也就有些明白那两个守门人的心思了——哦，他们其实是想从我这儿得到点好处呢。

会说话的蚂蚁

于是，恍然大悟的张三便立刻很是无奈地打开了他的钱包。好在他死后，他那孝顺的儿子、媳妇给他烧了不少的冥币，而在一人接过一张面值千元的冥币之后，那两个守门人也就马上脸带着微笑朝张三挥了挥手，其中一个还拍了拍张三的肩膀，主动告诉张三进门后该先去哪个部门……

接着，张三去的是天堂人事处。不用说，天堂人事处是具体安排每个进天堂的人做什么工作的部门。

在那里，令张三十分好感的，是人事处的那些人个个都显得非常的和蔼，根本就不像那两个守门人。因此，当他们轻声细气又反反复复地问他想做什么样的工作的时候，张三就同样轻声细气又反反复复地回答说：哦，我听从领导的安排，我听从领导的安排。

你难道不希望做一些轻松又惬意的工作么？

哦，我相信领导，我相信领导……

结果，领导就把冲天堂里的所有厕所的工作安排给了张三。

对此，另外那个一直来都在冲厕所的人便问张三道：我说老兄呀，你大概也是没给人事处的领导们送钱送礼，所以才被安排来冲厕所的吧？

什么？人事处的领导也会收礼？！

那当然啦，你别看他们个个都笑嘻嘻的，其实……

听了这位即将成为同事的人的一番设身处地的叙述，张三觉得那实在太不可思议了，他甚至还很有些不相信自己的耳朵：真的？这一切都是真的么？

于是，张三就又听见了这位即将成为同事的人的感慨：唉，这就叫作天上人间呀！

皇帝的指甲

早已经死去三百年了的那位皇帝,在凭他那截早没了指甲颜色的劳什子指甲告诉你:我依然还是皇帝!恩,吾皇万岁万岁万万岁。

事实上,那个皇帝早已经死去三百年了。

但那个皇帝至今还活着。

活着的,是那个皇帝的一截指甲。

那截皇帝的指甲是张三发现的,说得更具体一些,是张三在乔迁新居的过程中发现的。

对啦,说起张三,你可能并不认识。不过,张三的爷爷的爷爷的爷爷……你一定有点印象——张三的这个十八代祖宗名叫张负十。没错,就是那个在什么什么皇帝身边做贴身保镖的张负十。

哦,我们还是接着说张三吧。

张三在乔迁新居的过程中发现了那个皇帝的一截指甲。那截指甲装在一只小木盒里,张三是从旧居墙角的那堆陈年破烂中见到这个小木盒的。小木盒在掸去灰尘后显得相当的精致。当时,张三的心不禁在刹那间跳成了激越的鼓点——张三觉得,这么个精致的小木盒里一定藏着叫他的孙子也能享一辈子清福的什么宝贝!

张三就两手抖抖地弄开了那个小木盒。

接着,张三又两手抖抖地翻开了盒中那十八层的绸布包装。

可结果却令满怀着美好希望的张三大失所望——那十八层的绸布包装的内核,竟是一截早没了指甲颜色的劳什子指甲!

会说话的蚂蚁

张三便气得接连着吐了三口"呸呸呸",然后就打算在那截劳什子指甲上踏上一脚。

也就在这时,站在一旁的张三的儿子张四突然说了声:"且慢!"

原来,有着高中毕业文凭的张四,在那第十八层稠布上看到了他父亲的爷爷的爷爷的爷爷……张负十留下的这样一段文字:这里包着的,是吾皇万岁万岁万万岁所赐的他老人家的指甲!

于是乎,就像是平地里响起一声炸雷六月天下了场鹅毛大雪——不得了啦!真的是不得了啦:那截已全然没了指甲颜色的皇帝的指甲,便骤然招引来了看稀奇瞧热闹的人山人海,与此同时,当地从上到下的电话,一时间就成了一条热线,牵动千里之外的几辆高级轿车,以最最最快的速度开进了这个还没有通上公路的小村庄……

后来,那截皇帝的指甲就连同那十八层稠布和那个小木盒一起,也堂而皇之地坐进小轿车,去了一个人人敬而仰之的大都市,并被安放在了一间配备有当今世界上最高级最先进的防盗装置的小房间中。

这同时,实在是连做梦都不会想到,张三家竟因此获得了整整三万元!当然,那叫奖金,是有关部门发放的奖金。这笔奖金,使得张三的儿子张四的婚礼气派非常——此乃后话。

不用说,在接受那笔奖金的时候,张三的两手又是抖抖的。

也不用说,人们对那个什么什么皇帝,就又肃然起敬了——不是么?早已经死去三百年了的皇帝,凭着他那截劳什子指甲,竟还能跟他活着时那样的风光呢!

于是,有人便不由自主地要这样日思夜想:做皇帝多好呵!当然,就是做个皇帝的保镖也不错,就像张三的爷爷的爷爷的爷爷……那样,连他孙子的孙子的孙子……也都能从他那儿得到好处呢……

第三辑 皇帝的指甲

瘦子减肥

瘦子要减肥还真是件叫人哭笑不得的事情。不过，事情发生的原因，却决不如医生所发现和瘦子所讲述的那样简单。

"减肥？瘦子减肥？你是在开玩笑还是说胡话呀？"

当医生听到坐在眼前的这体如豆芽菜、脸无四两肉的瘦子说他要减肥时，他就如见了外星人似的惊诧不已。但这时的瘦子脸上却丝毫没有玩笑或胡说的迹象，他甚至也显得很是惊讶，说那医生道："瘦子？你说我是瘦子？你是在开玩笑还是说胡话呀？"

医生就有些哭笑不得。然后，灵机一动，他便以检查为名，将瘦子领进了隔壁的精神病科室，并跟那同事直截了当地如此这般耳语了一番……

然而，经各种各样很精密的仪器、很先进的方法测验之后，同事却朝医生轻声说道："不是。他没有半根神经搭错。他一切都很正常。"

医生听后，虽然免不了要对那些仪器和方法疑虑重重，却又无可奈何，就只得将瘦子重新带回自己的诊室。这家伙挂的是我这儿的号，自然得由我去打发他了。

于是，坐下后，医生就对瘦子说道："只有肥胖的人才需要和应该减肥，而你离肥胖事实上差着十万八千里。因此，我建议你还是先回家去照照镜子，看看镜子里的自己是不是个胖子。"

听了医生的话，瘦子张着嘴巴想说什么，可这时的医生已显得

会说话的蚂蚁

很是不耐烦了，只见他朝着瘦子胡乱地挥着手，一边已将下一个病人叫进了诊室。

这样，瘦子只得悻悻而退。

回到家里，想着医生的话，瘦子决定再去照照那面其实已不知照过多少回了的镜子。

于是，镜子里便出现了这样的一个形象：头比篮球还大，身体圆鼓鼓如一只柏油桶，两条腿粗似门柱，伸出的手指头也仿佛萝卜一般……

"瞧，我都胖成了这个样子，那短命医生竟说我是瘦子呢！"瘦子不禁对着镜子里的自己自言自语起来。然后，他立刻又赶到了医院。

那时候，医生刚看完最后一个病人正准备下班，瘦子便拉着他那件已脱了一半的白大褂，几乎是吼了起来："喂！你是怕我付不起医疗费还是怎么的？医生应该讲医德应该实行革命的人道主义，而你为什么硬要将一个胖子说成瘦子，并拒绝让胖子减肥呢？！"

医生又一次哭笑不得了。他问瘦子："你回家照过镜子没有？"

"照过！当然照过！镜子可是实事求是的，不像你那样缺德呢！"瘦子气呼呼地回答。

至此，见多识广的医生忽然想到了这样一点：也许我该去看看他的镜子，说不定是他的镜子需要减肥呢。

医生于是便告诉瘦子："你的情况比较特殊，我需要去你家里为你医治。"

然后，医生就跟在瘦子的身后到了瘦子的家里。而当他见了瘦子家的那面镜子之后，便忍不住嘻嘻一笑，同时拍着瘦子的肩膀道："老兄呀，你那是面哈哈镜呀，所以它才会将你这瘦子变成胖子呢……"

这时，仿佛从梦中猛然醒来一般，瘦子终于张大着嘴巴喔喔喔地点起头来，并很有些不好意思地朝医生道："对呀对呀，我……我怎么会忘记了这是面什么镜子呢？"

原来，若干年前，瘦子因自己的瘦而自我感觉相当不好，甚至为此还动过自杀的念头。后来，一位聪明的朋友便给他献上一计，让他去买面凸面哈哈镜挂在家里，以此"自得其乐"。结果还真是有效，每每看到镜中的自己腰圆体胖的样子，他所有的自卑也就烟消云散了。只是，他竟也从此忘记了自身的真实情形，于是，当报纸杂志上大张旗鼓地宣传肥胖有害，全社会掀起减肥热潮的时候，他也就去了医院……

哦哦，这人世间还真有这样叫人哭笑不得的事情呢！

请你抱抱我

"我"的走投无路既是一种极端的自我感觉又是一种残酷的社会现实，因此才会有这样一个充满着挣扎感和绝望感的故事发生。

我以为到外面走走感觉可能会好些。我就终于走出了那个窗是防盗窗门是防盗门锁是三保险锁的家。

我现在正走在那条名字叫做繁荣大道的路上。看来我得承认这是一条名副其实的繁荣大道。路两边的高楼是多么的高呵。那些商店是多么的大呵。来来去去的车和人是多么的多呵。连人行道旁的

会说话的蚂蚁

花呀草呀树呀也都显得那样的繁荣！

我的心就也差点儿繁荣起来。我差点儿要忘掉那些已弄不清到底是与生俱来还是后来怎么产生的孤独烦闷忧郁苦恼恐惧等等了。还是潇洒走一回吧。还是今朝有酒今朝醉吧。还是跟许许多多的人一样去度过自己的一生吧。还是……

要是真这样的话可能是一件很不错的事情。可事实是我的心终究没有繁荣起来。我此时此刻的心情其实是更加的糟糕了。我总觉得路两边的高楼在紧紧地挤压着我的生存空间。那些大而又大的商店只会让我想起来那些表面冠冕堂皇实际上却是那样的虚假和伪善的人。那些来来去去的车和人则只能加重我那种无助的感觉。就连人行道旁的花呀草呀树呀似乎也都长着或者是讥笑或者是漠然或者是贪婪或者是……的脸！

我便有些走投无路了。我冷得浑身结了冰似的。我像是掉进了汪洋。我需要哪怕是一根稻草的救助。

请你抱抱我！我就是在这样的心境下对正朝着我走来的一个与我差不多年纪的女孩说出这样的话来的。

那个女孩看上去很美。可惜这个看上去很美的女孩根本就没有理睬我。她只顾着高昂起头走她的路。她只留给我她的高跟鞋击打地面所发出的那一串"橐橐"声。

请你抱抱我！我于是又向从后面上来的一个中年妇女开了口。

这是一个戴着眼镜的中年妇女。她手里还牵着一条毛色雪白的狗。我不由得有些羡慕起那条狗来。我当然认为她是不会也不理睬我的。事实上她真的理睬我了。神经！她说。神经病！她接着还补充了这么一个十分简洁又十分有力的短语。

我无疑是用不着跟这个戴眼镜的中年妇女解释我没有神经病的。但我知道什么是神经病。我还非常担心自己真的会得了神经病。所以我觉得我是不能因接连的碰壁而放弃自己那种求助努力的。

请你抱抱我！我这回的说话对象是一个可能为青年也可能为中年的男人。见到他后我不禁激动了起来。我有理由相信一个男人的怀抱既是温暖的又是可靠的。我甚至都已做好了要是他如我所希望的那样抱了我那我日后就将自己的终身托付给他的准备。

但他想的显然和我不一样。脸蛋不错身材也很可以。先开个价吧！他一边一眼不眨地盯着我的胸部一边这样说。他接着又……

我当然没容得他接着怎么样。神经！神经病！我把前面那个中年妇女强加给我的话送给了他。我还非常非常想送给他三个或者是三十个清清脆脆的耳光！

然后我几乎是绝望了。我连眼睛都已经模糊了。

请你抱抱我！但绝望中的我还在本能地这样祈求着。

结果还真有人一把抱住了我。是一个我一时都来不及看清楚是谁的人一把抱住了我。那人十分得体又十分温柔地抱住了我。那人的拥抱真是雪中送炭呵。我就闭了含泪的眼尽情地享受着这份实在是有点来之不易的温情和温暖。我在这种享受中清晰地听见了我身上和体内的冰被熔化的声音。我还同样清晰地看见了我原本所身处的那片汪洋的岸。也许我的心是真的可以跟那条繁荣大道一样的繁荣起来了……

看来你很孤独很烦闷很忧郁很苦恼很恐惧？很久很久之后那人这样问我道。那人这样问我的时候依然如一开始时那样的抱着我。

我便在那人的怀抱中仍旧闭着含泪的眼使劲地点了点头。

那你为什么不到我们那儿去生活呢？那人又问我。

你们那儿？那是哪儿呀？现在该轮到我发问了。我听得出自己问话的声音中所充满着的那种好奇与向往。由那人对我的拥抱，我确信他们那儿肯定是个非常美丽非常可爱的地方。

会说话的蚂蚁

那人便用两个字回答了我。

于是我很快就既无奈又坚决果断地跟着那人去了他们那个地方。

那个地方的名字叫——阴间。

猫　性

猫捉老鼠是天经地义之事,但猫不捉老鼠竟也真的情有可原。原来,猫性即人性;原来,人性足以影响并改变猫性。

某曾偶遇一猫于路途。虽见其骨瘦如柴,羸弱不堪,且庶几乎奄奄一息,因念家中鼠害甚烈,遂抱归之。

既抱之,则养之。某不惜代价,一日六餐,顿顿以小鱼小虾之类食猫,虽身用酱瓜腐乳而不怠,亦不悔。如此,时不过旬,猫则脱胎换骨一般,其身壮,其色艳,其神威,其"喵喵"之声见闻于一里之外。

某甚喜,亦甚慰,曰:"余得以'拜拜'于鼠害矣!"

果然,一月之内,某家中已断鼠声,绝鼠影。

自此,某乃高枕无忧,待猫亦日渐冷漠,更不再食之于小鱼小虾矣。某曰:"余患已除,小鱼小虾理当自食哉!"

然则,某食之未咽,乃有"吱吱"之声响于头顶。某仰首而望,但见绿豆似光亮两粒,正闪烁于梁间。

鼠辈尚在?!某不禁惊而哽喉,旋即驱猫捉鼠。猫则双目定定然紧盯桌上之小鱼小虾,任凭某左呼右赶,却一律做懒得动之状。

无奈,某只得请猫上桌,任其夺己口中之味。而待鱼虾落肚,猫乃"喵喵"两声，梁上之绿豆光亮遂迅速匿迹。

于是某更惊，斥猫曰："食余鱼虾，何以仅以声吓鼠，而不坚决、干净、彻底消灭之？"

猫答："老鼠消灭之日，亦余挨饿之时也。余不忍。"

闻此言，某不由破口大骂猫为骗子，并怒曰："不忠不义之东西！尔良心何在？又猫性何在？"

是时，猫一边悠悠然以脚洗面，一边振振有词而驳："君言极是。然而，尔又良心何在？人性何在？用余之时，将余视为上宾，且认余做父亦甘心；一旦不需，则视作累赘，仿佛本猫乃多余之物。将心比心，货真价实之骗子，非君莫属也！"

言毕，猫已呼呼睡去。

某怒不可遏，遂操案上之利刃一柄，欲置猫于死地。顾念家中鼠害未除，又只得作罢。无可奈何之中，某不由恨恨而叹："该死之猫，何以狡猾如此！"

此时此刻，猫则于睡梦之中喃喃而曰："前事不忘，后事之师。"又道："尔虞我诈，何时休之乎哉？"再呼："还余食鼠之本性！"

龟兔赛跑

所有的老故事都是可以改编成新故事的，或者说，所有的故事都是可以有截然不同的结局的。于是就有了这样一场你可能还闻所未闻却又是惊心动魄的龟兔赛跑。

会说话的蚂蚁

今世间流传之龟兔赛跑故事,实则大谬也。

那年那月那日,森林奥运圣火燃起。话说盘山道上,龟、兔正同蹲于起跑线前,意在角逐万米长跑之桂冠。

说时迟那时快。"砰——"随熊裁判之发令枪一声脆响,兔即如离弦之箭,"噌噌噌"一蹿而前,须臾,则远远抛龟于身后矣。

刹那间,跑道两侧欢声似雷,观者皆由衷为兔拍手叫好,并呐喊助威。

然则,赛程过半之后,兔却不禁骤然停了步子。何也?兔之耳畔,此时此刻正有上场前母亲之叮咛响起是也——

"吾儿切记,此番赛跑,尔只能断后,不可争先。"

"何故?"

"龟父有言在先:倘龟儿子获得金牌,则吾家萝卜地急需之化肥随手可得,否则……"

"赛跑与化肥,所谓风马牛不相及,龟父之言,究竟用意何在耶?"

"吾儿有所不知:掌管化肥分配之大权者,乃龟之爷叔是也。"

"然则,赛跑为赛跑,化肥乃化肥,如此相提并论,不亦滑天下之大稽也哉?"

"吾儿此言差矣。今日世道,事事关联,物物有缘,且互为因故。赛跑与化肥,虽确乎存有天壤之别,然权力在握,足以变天为地,变地为天,使之天地难分矣……"

于是,晕晕乎乎之中,兔便见龟已踱四方小步爬至眼前。

龟悠悠然,又洋洋然,甚而回首朝兔嘻嘻一笑。

此情此景,不禁令兔羞恼难耐,又义愤填膺,继之则紧咬牙关,四足生风,倏忽即又远远抛龟于身后,且离白线红条之终点,仅差十来米之遥矣。

恰当此时，忽有轻飘飘龟语，风儿般自身后钻进兔耳："哈哎，萝卜之地，乃汝全家老少活命之根基，化肥则为萝卜生长之必不可少养料，汝安能不三思而后行耶？"

呜呼！兔辈靠萝卜，萝卜需化肥，化肥又独掌于龟之爷叔手中……

痛心疾首又无可奈何，兔便只得收起性子，再次止步，并轰然倒向路旁一石块，随即抱石而伏，泪如泉涌……

如此，龟得以一摇一摆，慢腾腾爬过终点。

赛事就此告终，千古奇冤亦同时产生——今世间流传之龟兔赛跑故事，皆不明事实真相，而谓兔之所以败北，只为骄傲自大之故也！

其实，兔之由泪浸红，且红至今日而不消之双眼，及"冤"字之中带有"兔"字，方为故事最最确切、亦最最惊心动魄之注脚也哉！

峨眉山的猴子

当峨眉山的猴子也把"有钱能使鬼推磨"挂在嘴上并落实在了行动上的时候，也就不由你不信这世上的铜臭味是何等的广泛而浓烈了。

峨眉山的猴子是出了名的。

是的,我这一次去峨眉山，既不为观赏峨眉宝光、舍身崖、洗象池、龙门洞等胜迹，也不为朝觐万年寺、九老洞、华严顶、金顶等寺庙。

会说话的蚂蚁

我冲的就是那些猴子。我要亲自见识见识那些有着这样那样很是神奇的传说的猴子，百闻不如一见嘛。当然，身为一个作家，我还想从中获取一些素材，回来写一篇猴子题材的小说。既然别人能写猴子题材的寓言、童话、散文、诗歌，那么，我为什么就不能写这方面的小说呢？

飞机，汽车，步行……

我终于来到了峨眉山脚。

好一座名山哪！其状，其貌，其势，其态，那个挺秀而又雄伟呀，真正是名不虚传呢！我记住了这一切。这一切将是我未来的那篇小说展开情节的典型环境。当然，环境描写时，我可不能忘了此刻正展现在我眼前的那条蜿蜒向上的、由石块铺成的小路。

我就从这条小路拾级而上。与此同时，我心里不禁很是迫切又很是激动地这样想着：哦，我很快就要见到那些活泼而又调皮、据说是通人性的猴子了吧？

也许是一种感应效果吧，我这样想着猴子的时候，猴子便真的来了。还不是一只，是一群，而且弄得我简直分不清楚它们的来历——它们似乎是从树上跳下来的，似乎是从石后窜出来的，却又仿佛是从天上降下来的，仿佛是从地下冒上来的……更让我惊诧不已的，是它们从一开始便给我留下了训练有素、久经考验的印象：它们竟能相当有秩序地一下便成桶形将我团团围住。然后，它们便这个冲我抓腮、挠耳，那个朝我眨眼、咧嘴，做尽了猴相，这同时，它们还"吱吱吱"地跟我说着我所无法听懂的猴话。

我便连忙停住脚，动手打开旅行袋，摸出来一盒酒心巧克力，拆开，向四周撒去。我早就听说这些猴子口味很高，普通的糖果饼干之类，它们是不屑张嘴的。没错，这盒酒心巧克力，便是我特意为它们准备的——为了自己未来的那篇小说，我可真有点儿不惜血本呢。然而，令我十分是意外的，是这些猴子竟然对那酒心巧克力根本就无动于衷。看着那些圆滚滚又香喷喷的东西向脚边滚来，它们居然没有一个伸手去捡的。

我当然是要奇怪了。不过，转而我就又马上想到了这样的问题：莫非是这些精明的家伙嗅出了其中的酒味，所以是生怕吃醉了被我捉弄？或许它们曾经有过这方面的教训？

想到这里，我就从旅行袋里摸出来了另一盒食品。这是一盒精装的名牌冠生园蜜饯。这东西，其实是我原本打算带回家去给儿子吃的，但现在既然遇到了意外，我也就只得将它拆了，向周围的猴子们撒去。我说过，为了我的小说，我是什么都不在乎的。至于儿子那儿，回家时再说吧。

可是，叫我失望的是，对于这蜜饯，猴子们也同样表现出了一种毫无兴趣的神情。这不，它们都蹲坐在原地一动不动，任蜜饯朝它们身上撞、往它们胯下钻……

我便有点儿不知所措了。这些猴哥猴姐们，怎么会连蜜饯都不要吃呢？它们又想要什么呢？想想自己的旅行袋里已无别的食物，我就只得向它们摇了摇头，耸了耸肩，又摊了摊手，表示我实在是已经尽了自己最大又最诚的心意了，也表示我真的是再没有什么别的东西可供"孝敬"它们这些猴哥猴姐们了。

这时候，这些猴哥猴姐似乎都从我的摇头、耸肩、摊手中明白了什么，它们便相互望了望，像是在用眼神交换着各自的看法，同时也好像是在商量着什么。而它们商量的结果，则是我猛然听见了一声尖怪的"吱"声，像是某一只猴子在发什么命令，紧接着，围着我的那只"桶"就骤然紧了起来，紧成了一身外衣，把我严严的裹着，而那些猴哥猴姐们，就一下子都成了蜜蜂——不，简直是强盗——它们簇拥着我，并开始毫不客气地对我动手动脚起来……

会说话的蚂蚁

　　我很快被掀翻在地，四脚朝天。我还差点儿因惊慌失措而失去知觉。这同时，我便在惊慌之中失声叫喊了起来："流氓！强盗！救命……"

　　然后，在迷迷糊糊中，我又听见了"吱"的一声。

　　接着，那些猴哥猴姐们便倏忽没了踪影，像是一下跳回树上去了，像是一下窜到石后去了，像是一下升入天上去了，像是一下钻进地下去了……

　　就这样，一切都发生得如此神速，如此奇异。而当我清醒过来的时候，我的第一个念头便是：定然是我的那架尼康牌的照相机被那些猴哥猴姐们抢去了——因为，来这里之前，我曾不止一次地听到过这儿的猴哥猴姐们要抢游客的照相机去玩的故事。不过，值得庆幸的是，当我从地上坐起来的时候，第一眼所看见的，就是我的那架尼康牌的照相机还在。它只是被那些猴哥猴姐们从旅行袋里翻了出来，扔在一边了而已。而且，此后，当我动手清点旅行袋里的其他物件时，我竟发现什么也不少。

　　那么，这些猴哥猴姐们又究竟为何要对我搞那样的一次显然是有预谋又有目的的袭击呢？

　　带着这样的疑问，我继续清点着身上所带的东西……

　　终于，我有了一个重大的发现——我发现我那藏在外衣口袋里的皮夹不见了！

　　这不禁令我一惊，甚至还不由得惊出了一身的冷汗——要知道，这皮夹里不仅放着我这样那样的证件，还放着我这次出来所需要的全部盘缠呢！

　　我就立即开始找我的皮夹。我相信猴哥猴姐们是不会拿去我的皮夹的——它们要那干吗呢？那可是一点都不好玩的呢。

　　果然，放眼望去，我很快便见到我的皮夹——它就在不远处的一棵小树下躺着呢。于是，我连忙过去捡起了它，然后我又漫不经心地翻开了我的皮夹的夹层……

咦，虽然我的那些证件一个都没少，可我的那些钱却统统不见了！

"这……这么说，那些猴哥猴姐们刚才原来是来抢我的钱的呀？可是，这钱，又于猴哥猴姐们有何用处呢？"

我大感不解，还不禁这样自言自语起来。

这时候，作为对我的自言自语的回答，我竟十分清晰地听见，从不知哪一棵树上，或许是哪一块石后，或许是天上，或许是地下，传来了一个猴腔很重却又足以让我听懂的声音：

"嘿嘿，你这个人哪！难道你竟不知道你们人类有一句著名的谚语——有钱能使鬼推磨么？！"

这——像是在大晴天里听见一声响雷，又仿佛是在炎炎盛夏看见漫天飞雪，我不由得浑身一震，不由得为自己这样的奇遇和奇闻而愕然万分。

然后我又哑然。

然后……然后我就打消了要写猴子题材的小说的念头——真的，亲爱的读者朋友，您现在所读到的，根本就不是小说，而是一篇报告，一篇关于"峨眉山的猴子"的报告。

信不信由您。

会说话的蚂蚁

猫与鼠的爱情

这个属于天敌之爱的故事要告诉你的是，爱情确实不像许多歌中所唱的那样简单。猫与鼠的爱情如此，人与人的爱情亦然。

虽然谁也搞不清楚它们到底是怎样好上的，但一只名叫阿喵的猫跟一只名叫阿吱的老鼠正在热火朝天地谈着恋爱，却早已是一个公开的秘密。

这一事件当然要在猫的王国和鼠的世界里掀起轩然大波。特别是在猫的王国里，几乎所有的男猫女猫老猫小猫，全都对阿喵的行为感到那样的不可思议又那样的义愤填膺。"我们跟它们，自古以来就是势不两立的天敌，你又怎么可以如此的敌我不分黑白混淆是非颠倒呢？！"猫们异口同声地这样质问和谴责着阿喵。它们还都千方百计地做着要把这场荒唐的爱情送进坟墓的种种努力。甚至，这件事还惊动了猫王——做老人家曾亲自将阿喵找上殿去，严肃而又严厉地警告阿喵道："你必须十二分清醒地认识到自己的问题的严重性，如果你不赶快迷途知返悬崖勒马，本王将正式下令开除你的猫王国国籍！"

在猫的国度里（哪怕是在人的国度里），显然没有比开除国籍更严厉的惩罚了。不过，阿喵似乎早已铁了心并将一切都置之度外了，它告诉猫王道："国王陛下，您当然有权这么做，但我要说的是：您这样做无疑是错误的！"

"错误？到底是你错误还是朕错误？"

"阿喵我没有错。"

"你没有错？你如此大逆不道还敢说自己没有错？"

"不，我这根本就不是大逆不道。我只不过是在寻找并坚持自己的爱情，而爱情，她永远都是最美丽又最正确的！"

"笑话！在我们猫和它们鼠之间会存在爱情？"

"为什么不能？为什么在我们猫和它们鼠之间就不能存在爱情？"

"因为我们和它们是天敌是冤家是不共戴天的两个种类——这是铁一样的事实！"

"好一个铁一样的事实！这样的所谓事实，还不是由谁随心所欲地制造出来的？而既然可以制造这样的事实，又为什么不可以改变这样的事实呢？常言道，冤家宜解不宜结，又所谓化干戈为玉帛，我们为什么就不能……"

"你住嘴！你放肆！你……你简直是冥顽不化无药可救！"

猫王发怒了，怒得脸色铁青，怒得脸上的那几根胡须都抖抖地一下子翘上了天。

紧接着，猫王就下令先痛打阿喵三百大板，同时，本着"惩前毖后，治病救猫"的猫道主义精神，猫王说是要再给阿喵三天的时间自省，要是它依然执迷不悟我行我素，就当真将它的猫王国国籍坚决开除。

但阿喵在当天晚上便偷偷地又跟阿吱约会去了。

那一路上，阿喵的艰难是可想而知的。它的屁股差不多已被那三百大板打烂。它是那么一寸一寸地爬着去见阿吱的。在见到阿吱的时候，阿喵不仅早已筋皮力尽，还虚脱得几乎已没了猫形。

阿吱当然没想到，才几天不见，原本是那么英俊威武的阿喵竟变成了这个模样。

阿喵就一五一十地跟阿吱讲了自己的遭遇。

会说话的蚂蚁

听完阿喵的叙述，阿吱先是站在那儿发了很长时间的愣，然后，它那瓜子型的俏丽的小脸上，便悄然滑落下来两行亮晶晶的泪珠。

"亲爱的，你别伤心更不用担心，就是天崩地裂，也没有哪一种力量能将我们分开！"

阿喵就一边替阿吱拭着泪，一边微笑着这样安慰阿吱道。同时，阿喵低下了头去，想去亲吻阿吱。

可阿吱一闪身躲开了。

阿吱不仅闪身躲开了阿喵，还这样对阿喵说道："不，我……我们还是……还是分手吧。"

"你说什么？为什么？你为什么要在这个时候说出这样的话来？难道你……"

"请你——请你别再问了。"

这样说着，阿吱就转身想走。

阿喵却一把拉住了阿吱，无限深情又无限痛苦地继续问阿吱道："难道你——难道你就这么容易忘记我们那曾经山盟海誓的爱情么？"

这时候，阿吱突然"啪"的一下跪在了阿喵的面前，只见它低垂着眼帘，同时哽咽着告诉阿喵道："我……我对不起你，因为……因为我跟你好的目的，其实是……是想杀死你，以报我们鼠类祖祖辈辈被你们猫类欺压之仇，我甚至……甚至已准备好了毒药，计划在……在我们的……洞房花烛夜，找机会将你……"

"什——么？！"

听了阿吱的这一番话，阿喵只觉得一阵的天旋地转，然后，它便如一堵先已被强烈的雨淋透，紧接着又遭遇到迅猛的风吹打的泥墙，终于轰然倒下了……

此刻，阿喵正静静地躺在阿吱的怀里。

呆呆地望着阿喵那张曾经是那样红润的苍白的脸，阿吱的眼泪又忍不住潸潸流了下来，这同时，只见阿吱默默地俯下身去，将自己那两片滚烫的嘴唇，紧紧地贴在了阿喵那已见不着血色的嘴唇上。

一只不会捉老鼠的猫

一只不会捉老鼠的猫却可以成为"猫王国捕鼠技术指导委员会"的主任，你对此可能并不会有那种匪夷所思的感觉吧？

从出生到现在，它还不曾捉过一回老鼠。它是一只不会捉老鼠的猫。

不用说，在猫的世界里，这只不会捉老鼠的猫是很为它的同胞所不屑并不齿的——捉老鼠可是咱们猫类的立身之本，你连这么种最通常最起码的本领都没有，你还有什么资格做猫呀？

所有的男猫女猫老猫少猫，还常忍不住要指着它年轻而又那看上去十分威武的背影这样叹息：可惜哇可惜，好端端的一个后生就这么已经完了！

然而，就是这样一只被大家一致认定"已经完了"的猫，最近却凭着——它究竟是凭着什么呢？也许是凭着它那属天生的三寸不烂之舌？也许是凭着一纸它在早些时候花钱买来的"捕鼠技术学院"的毕业文凭？也许是凭着……总之是，最近，它居然在将要正式成立的"猫王国捕鼠技术指导委员会"的全国招聘中脱颖而出，成了最终被录取的九只猫中的一员！

这不，此时此刻，猫王正手拿着那份录取名单及有关材料，亲

会说话的蚂蚁

自在给包括它在内的九只猫安排具体的"技术指导"工作呢。

当然，猫王的安排进行得很顺利。譬如一号录取者，有关材料表明一号是白天捕鼠的高手，那就让一号具体负责白天捕鼠的技术指导吧；再譬如，二号录取者有在野外捕鼠的特长，这样，野外捕鼠的技术指导职位，便无疑是非二号莫属了；又譬如，捉躲进洞里去了的老鼠是三号录取者的绝活，这三号自然也就是这方面最合适的技术指导了；还譬如……

现在轮到安排排名为八号的它了。

在将它的有关材料翻了又翻之后，猫王却不禁犯了难：怎么，它原来是一只不会捉老鼠的猫呀？那它……

它能在"猫王国捕鼠技术指导委员会"中做什么呢？其实，在得知它被入选该委员会之后，许许多多的男猫女猫老猫少猫便曾议论过这一问题，不少喜欢赌博的猫，还为此打了这样那样的赌。

不过，所有参赌的猫没有一只成为赢家，因为，猫王左考虑右思量后，最终给它安排的具体工作是做该委员会的主任——它捉老鼠不会，做主任总行吧！猫王在做出决定时如是说。

关于克隆人的深度报告

克隆人的出现无疑是人类科技进步的一大标志。那么，克隆人会不会就是人类的一面镜子，甚至是一个翻版呢？如果是，人类更需要的显然就不是科技的进步了。

W教授悄然克隆出了另一个W教授。

那另一个W教授，是W教授的第101个克隆杰作。而W教授之所以要克隆到自己的头上，是因为他发现：自己先前那整整100次的克隆虽然都绝对是成功的，所克隆出来的各式各样的"人"也无一不跟其基因的提供着惟妙惟肖，但对于克隆人与本人究竟惟妙惟肖到什么样的程度——更具体点说，就是对于克隆人与本人除了外在形体的完全一致之外，是不是在思维、情感等内在的方面也全部相同之类的问题，他却还无法获得充分的证据来做出肯定或否定的结论。而这一类"充分的证据"，似乎也只有从自己和克隆的另一个身上去取得，也才可能是真正可靠的。因为，只有自己最清楚自己的思维、情感等等，也才可能全面彻底地、细致入微地去与克隆的另一个自己的思维、情感等等做出精密的比较。

作为一名真正意义上的科学家，W教授有着极为严肃的工作态度和十分崇高的献身精神。又由于对自己的克隆是一次比克隆本身意义更加深远和重大的实验与探索，所以，W教授是在完全保密的状态下具体进行这项工作的，甚至，就连在自己的夫人面前，他也从来不曾透露过有关此事的片言只语或者哪怕是一丁点一丁点的风声。而作为对W教授的这一可贵又可敬的实验与探索的回报，是自从那另一个W教授被克隆出来之后，经过了在实验室里的成千上万次的反复测试和验证，W教授终于得到了他所需要的大量证据，并表明了克隆人与提供基因的本人不仅外在形体完全一致，而且其内在的思维、情感等等也是全部相同的——真的，有好多好多回，那另一个W教授都在被测试时准确无误地说出了W教授自己所想要说的话，而且，连W教授的潜意识，那另一个W教授也全都能表述得没有半点差错！

W教授便因此已拟好了他的最新论文的标题：关于克隆人的深

会说话的蚂蚁

度报告。

不过，W教授又并没有急着去正式写他的这篇论文。我们已说过，W教授是位真正意义上的科学家，他对工作的态度是极为严肃的。是的，虽然到目前为止W教授已掌握了足够多的论文证据，但由于那些证据毕竟都只是从实验室里取得的，他便觉得还有在实际生活中进一步去考察、验证那另一个W教授的必要。

因此，这天，在接到联合国科研总部发来的要他去出席首届全球克隆学术研讨会并在会上作专题讲演的邀请函后，经过周密的考虑和准备，W教授便做出了一个十分大胆的决定：让那另一个W教授顶替自己去参加那个会议。同时，为了使这一偷梁换柱显得更加的天衣无缝，实际上也是为了使自己的这一实验与探索取得更为圆满的结果，W教授还特意安排自己那位漂亮绝伦又毫不知情的夫人，在她也真假莫辨的情况下，随那另一个W教授一起前往联合国科研总部……

此后，令W教授十分欣喜又十分激动的是，通过由卫星向全球直播的那次会议的实况，W教授看到自己的替身千真万确是里里外外都与自己绝无二致的：那另一个W教授在大会上所做的专题讲演，虽然事先根本没经过W教授授意什么的，但其中的每一句话，所用到的每一个数据，都完完全全是W教授所想要说和所想要用的；甚至，那家伙在讲演过程中的一些下意识的小动作——譬如上台前要捧着夫人的额头亲吻一下，再譬如当台下响起掌声时总要举起右手将一将自己的头发，又譬如每喝罢一口水后总要推一推自己的眼镜架……都不折不扣地是W教授所惯用的！

现在，W教授感到自己已完全可以正式动手去写那篇《关于克隆人的深度报告》了。于是，他便欣然又安然地打开了他的书写电脑……

第三辑　皇帝的指甲

然而，就在 W 教授已将他的那篇论文打印出来，正准备将它装订成册的时候，他的书房的门突然被"砰"的一下撞开了！

进门来的是那另一个 W 教授。只见这另一个 W 教授左手臂紧箍着 W 教授夫人的咽喉，右手则握着一支直对着 W 教授的激光手枪。

"你这是……"很是惊诧的 W 教授问另一个 W 教授。

"我这是要送你上西天去呢！"另一个 W 教授回答。

"为什么？"

"为什么？就为了要叫这漂亮绝伦的女人真正成为我的夫人，就为了要让在全球会议上作讲演这样的风光和荣誉只属于我，就为了……"

至此，我想读者朋友您一定在为 W 教授的安危捏一把冷汗了吧？可不是，真没想到那另一个 W 教授——也就是那克隆人——竟会有如此歹毒心肠！不过您放心，前面我们已经做过交代，为让那另一个 W 教授走出实验室，W 教授是做了周详的考虑和准备的，也就是说，W 教授是肯定有那种不怕一万只怕万一的安排的——这不，就在那另一个 W 教授想要扣动手枪扳机的一刹那，只见 W 教授不动声色地轻轻一按装在自己裤子口袋中的一个微型遥控器，那另一个 W 教授便顿时忽的一下变成了一缕烟，从这个世界上彻底地消失了……

只是，紧接着，W 教授让自己那沓厚厚的论文稿纸也同样在顷刻间化作了一缕烟，而且，他那克隆人的工作也就此宣告结束。

113

外星人 ABCD 的地球之行

真如外星人 ABCD 所看到的，地球确实是如此之糟。因此，该泪如雨下的其实是地球的居民，同样，能救这地球的，也不可能是外星人。

眼看着自己驾驶的超光速飞碟就要到达地球了，ABCD 便很有种地球人常说的激动或兴奋的感觉。

ABCD 来自距地球 1234 光年的甲乙丙丁星球。此时此刻，已过中年的 ABCD，不由得遥想起了自己年轻时的第一次地球之行——

那是一次令 ABCD 深感遗憾的太空旅行。这倒并不是说 ABCD 一路上遇到了什么麻烦。不，ABCD 的那一路事实上是非常顺利的。然而，正当 ABCD 怀着那一路顺风的愉快心情，将自己的飞碟浮停于距地球十来公里远的空中，想为自己那历史性的着陆找寻一个理想的处所的时候，他却意外地发现那偌大的地球竟是光秃秃的——ABCD 几乎见不着地球上有一棵树！而有关的探测仪器，这时候也都在一再提醒和告诉 ABCD：地球上的空气中充满了二氧化碳，氧气则十分匮乏！

这让 ABCD 忍不住脱口骂了一句类似于地球人的"混蛋"。实际上，此刻的 ABCD 实在是不能骂了。因为，没有充足的氧气，甲乙丙丁星球的人是绝对无法生存的——也就是说，ABCD 已很清楚，经千辛万苦而来的自己，此番是根本不能按计划在这没有树去吸收二氧化碳并释放氧气的地球上登陆的了！

ABCD 不禁因此而泪如雨下。要知道，甲乙丙丁星球毕竟与地球相距着 1234 光年哪，虽说这一路过来总体上是十分顺利的，但这一趟到底又是来得很不容易的呵！

可 ABCD 对自己的此次地球之行只能无功而返，又实在是无可奈何。

于是，泪眼蒙眬地驾驶着自己的飞碟绕地球缓缓飞了几圈之后，ABCD 便只得按照甲乙丙丁星球总部的指示，一边采用甲乙丙丁星球的高新技术快速培育了大量的树种撒往地球，一边不住声地慨叹着"地球呀地球"，然后怅然离去了……

没错，ABCD 现在是第二次来地球。

这回，在跟第一次一样将自己的飞碟在距地球十来公里远的空中浮停下来后，ABCD 所见着的地球，当然是与前一回大不同了：地球已不再是光秃秃的了，他当年撒下的树种已给地球染上了绿色——只是，为什么那绿色是东一块西一块、显得是那样的稀稀拉拉的呢？是我当年没将那些树种撒均匀么？还是我并没有撒下足够数量的树种？

也就在 ABCD 这般疑惑着、不解着的时候，通过自己手中的超高倍望远镜兼放大镜，ABCD 终于看清楚了地球上的人类的活动：到处都有人在砍树，而且都是砍得那样的争先恐后又那样的兴高采烈……哦，原来地球上的绿色之所以会是稀稀拉拉地东一块西一块的，并不是我当年没将那树种撒均匀，也不是我没有撒下足够数量的树种，而是那些地球人在将树木当仇敌似的乱砍滥伐！

面对此情此景，ABCD 忍不住要生气了。ABCD 又怎么能不生气呢——树可不仅仅是树呀，它们既可替你们吸收掉你们生活中的那些有害的二氧化碳，又能给你们释放出为你们的生命所必需的氧气，还会……

会说话的蚂蚁

此刻，ABCD简直是迫不及待地想要走出自己的飞碟去了。是的，他要去制止那些地球人，他要去告诉那些地球人……

然而，也就在这时，随着轰隆隆的一声震天动地的巨响，但见远处有白茫茫的一片正在铺天盖地而来——那就是应该为地球人差不多个个都知道，可又似乎谁也没有真正认识它（至少是没有真正认识到它跟树木有着什么样的联系）的洪水呵！你看，只不过是在顷刻之间，那无遮无拦的洪水便将满是树桩的地球淹成了一片汪洋……

于是，惊诧之余，ABCD就只能又一次泪如雨下了——为自己所亲眼见到的地球人遭遇的这场浩劫，也为自己这好不容易的第二次地球之行，依旧是只能以自己根本没法在地球上登陆的结果而告收场。

外星人EFG的地球见闻

公元5555年的地球将是怎样的地球？公元5555年的地球人会是怎样的地球人？这既是一个纯属虚构的故事，又是一种未雨绸缪的警告。

外星人EFG到达地球的时间，是公元5555年5月5日的5点钟。

那时候，就如同被羊水包裹着的胎儿一样，整个地球正静静地沐浴在熹微的晨光里。于是，刚从自己所乘坐的飞碟中走出来的外星人EFG，便不由得脱口惊叹道："哇，多么美好的时光！多么美好的地球！"

第三辑　皇帝的指甲

当然，此后，还有更多更多的惊叹在等着外星人 EFG 去抒发。

譬如，见到地球上竟有着那么多的动物和植物，外星人 EFG 实在要打心眼里兴奋难捺："哦，地球的世界真是个多姿多彩的世界呀！"

再譬如，发现地球上原来有着那么多的山川和湖泊，外星人 EFG 真的是想不羡慕都不行："呵，地球的资源简直是要说多丰富就有多丰富呢！"

又譬如，望着地球上像森林般一幢接一幢的摩天大厦，外星人 EFG 差不多都要呆住了："天哪，地球的发达程度原来要比我想象的高出十倍甚至百倍啊！"

还譬如——哦，不，外星人 EFG 突然不想再这样只顾着惊叹下去了。

外星人 EFG 记起了自己此次来地球的使命。

于是，外星人 EFG 就用自己的目光搜索起地球人来。

终于，外星人 EFG 碰见了一个半桶半球形的地球人。

"您好！您能告诉我地球人是不是都像您一样的胖么？"

"那当然。"

"为什么？"

"为什么？您难道不知道我们有一句叫作'心宽体胖'的成语么？"

"心宽体胖？"

"没错。我们现在是不愁吃不愁穿，也几乎不用做什么……"

"几乎不用做什么？"

"是啊，什么都有机器人和电脑帮我们做呢！"

"您是说地球人根本就只要待在家里便可以了？"

"慢着，您的这句问话太长了，我记不住，请让我先问问我的

会说话的蚂蚁

机器人您问的是什么，我再回答您吧。"

"莫非……莫非地球人就连记忆都没有了？"

"不，不是没有，而是根本就用不着记忆，因为一切都有机器人和电脑替我们……"

这时候，外星人 EFG 突然发现自己眼前的这个地球人其实更像……像什么呢？对啦，更像他们的老祖宗——猿！

没错，这什么都不用做了的地球人，已经连那两只最能证明进化理论的手臂都变短和变粗了，就跟猿的前肢一样了呢！

于是，原本肩负着来和以勤劳著称的地球人商议一起建设更美好的和谐太空使命的外星人 EFG，便逃也似的一下跑回了自己的飞碟中，接着按下了里面那个针对外部世界的时光倒流器。

然后，先斩后奏的外星人 EFG，就通过激光通讯器向自己星球的总部报告道："不，曾经能把铁棒磨成针的地球人，早已经不再是那样的人了，所以我又让地球回到了混沌时代，因为我觉得很有让地球人重新经历一次从猿变成人的过程的必要……"

外星人 HIJK 的地球奇遇

由于少见多怪，所以外星人 HIJK 才会将自己的这场境遇看作是奇遇；因为见怪不怪，所以我们并不认为外星人 HIJK 的这场境遇真的是奇遇。

外星人 HIJK 是来地球旅行的。

当然，地球给了外星人 HIJK 十分美好的印象——近一个月时间的行程下来，外星人 HIJK 所到之处，看到的都是比他原本所听说和想象的还要壮丽奇特的景色：你瞧，地球上的那些堪称鬼斧神工的山川与河流，可真的是要说多气魄就有多气魄、要说多锦绣就有多锦绣呀；你再看，地球上的那些绝对是得天独厚的植物与动物，可真的是要说多丰富就有多丰富、要说多瑰异就有多瑰异呀……

外星人 HIJK 就不由得要从内心深处羡慕甚至是嫉妒起地球人来了——能拥有如此壮丽又如此奇特的自然风光与资源，地球人实在是太幸福也太幸运了呢！

这同时，外星人 HIJK 便暗自做出了这样的决定：接下去的行程，我还是改为走近地球人，好好地去观察和体验一下地球人那种幸福又幸运的生活吧。

于是，这天一早，外星人 HIJK 就来到了地球人的一个部落中。

这显然是个非常庞大的地球人部落，因为，这里的地球人多得根本就没办法数清楚。真的，虽然 HIJK 所居住的星球是一个以数学特别发达而著称的星球，但在进入这个地球人部落之后，凭着 HIJK 所掌握的十分先进的计算技术与技巧，他也还是不能一下子将这儿的地球人的数量排列组合出一个精确的数字来。不过，这倒又让外星人 HIJK 感到很是兴奋。能一下子接触到这么多的地球人，我对他们那种幸福又幸运的生活的观察和体验，就一定会更加的全面又更加的深刻呢！

接着，一个意外的发现，又使得外星人 HIJK 那种兴奋的程度，又一下子提高了不知多少倍。原来，这天，在这个地球人部落，正好要召开一个什么什么代表大会呢。哦，这可真叫作来得早还不如来得巧呀，在这个什么什么代表大会上，集中的无疑都是地球人的精英，而能有机会与地球人的精英集中接触，我的运气实在是大大的好呀！

会说话的蚂蚁

现在，经再三的请求与争取，外星人HIJK已进入了这个什么什么代表大会的会场。

事实上，HIJK在他自己的星球也是参加过不少的这样那样的会议的，因此，不一会儿时间，也并不怎么艰难，外星人HIJK便弄清楚了这个什么什么代表大会是一个什么性质的大会——这是一次选举大会，要选的，是这个部落中的一个叫作XY部的部长。

不过，这次选举的过程可一点儿都不顺利——这不，当这个人提出来可以由某某某担当XY部的部长时，立刻就会有人跳起来表示坚决的反对甚至是痛恨；而当那个人说应该由某某某去担当XY部的部长时，便同样会有人马上用激烈的语言和行动把自己的不满甚至是气愤表达出来……

哦，地球人的选举还真有些民主的气氛呢。一旁的外星人HIJK不禁在想。

也就在这时，更具体地说是在会场上莫衷一是甚至是不同意见的人就差一点儿要动起手来的时候，突然，坐在外星人HIJK旁边的那个人站了起来，同时，那个人还拉着外星人HIJK也一起站了起来，然后，那个人就指着外星人HIJK，大声地对大家说道："各位！各位请听我说——我们就请这位老兄来做我们的XY部的部长如何？"

"我？"外星人HIJK实在是太意外了，所以，一时间，整个站着的他便变成了一个大大的问号。而更让外星人HIJK觉得意外的是，这之后，他居然听到会场里到处响起了"我同意"、"我赞成"的声音！

"可是，各位，我并不是你们部落的人呀，我甚至都不是你们星球的人呢，我又怎么可以做你们的什么部长呢！"

"没关系没关系，外来和尚好念经呢！"

"还有，各位，我也根本不懂你们的什么XY呀，所以，我根本就没有做这部长的资格呢！"

"这更不要紧，真的不要紧，因为外行照样能领导好内行呢！"

"再说了，各位……"

外星人 HIJK 还想继续作他的解释，这时，他边上的那个人，就将一只手握成喇叭的形状对着他的耳朵，然后压低了声音这样对他说道："我说老兄呀，求求你还是答应下来吧！因为，你可能不知道，如果你不答应做这部长，我们今天的选举便绝对不会有好的结果——所有在场的人都你有你的关系、我有我的利益，所以，要是像刚才那样的争论下去，最终就很可能会引起我们这个部落的内战呢……"

"这……"此时此刻，外星人 HIJK 可真的有些不知道到底该说什么是好了，因为，他实在想不到自己竟会有这样的一番地球奇遇。

外星人 LMN 的地球艳遇

一场突如其来又突如其去的艳遇，一个精心设计又精心伪装的陷阱。这一切可能真如外星人 LMN 所说的很卑鄙，却又并不鲜见。

外星人 LMN 是来地球考察的。

外星人 LMN 是他所居住的那个星球的超能激光研究所的首席科学家。

不用说，自从到达地球之后，身为自己所居住的那个星球的超能激光研究所的首席科学家的外星人 LMN，便一直都是脸上笑嘻嘻、嘴里乐哈哈、心头喜滋滋的，他还常常会全然忘记了自己此次来地球的目的，而只顾着情不自禁地这样感慨："哇！这地球可真的是好，

会说话的蚂蚁

实在是太好了，而且简直是没有比它更好的了呀！"

地球的千姿百态和地球上的万种风情，让虽是整天处于最最尖端的高科技中心的外星人 LMN，时刻都有一种恍然若梦的感觉。

因此，当那个貌若天仙的地球女郎款款来到自己身边的时候，外星人 LMN 还以为这是他的一个崭新的梦的开始呢。

但那真的不是梦。你听，女郎那一声娇滴滴的"你好哇，我的大帅哥"，不仅是那样的声声入耳更是那样的真真切切！更重要的是，在自己礼节性又难免带了点冲动性地回答了一句"你好哇，我的大美女"之后，这女郎竟一边更加娇滴滴地说着"哦，我的大帅哥你好讨厌哟"，一边就用她的两个纤纤玉指，如激光发射般的在他的手臂上很轻又很重地拧了一把，而这很轻又很重的一拧，则立刻使外星人 LMN 产生了那种比这女郎的声音更加真真切切的、足可以证明此刻的他并不处在梦中的属于肉体的痛感！

就这样，外星人 LMN 的一场地球艳遇开始了。

事实上，所谓的七情六欲和所谓的男欢女爱，并非为地球人所特有。这不，从见到这地球女郎的那一刻起，或者说是从被这地球女郎如激光发射般的在手臂上如此一拧的那一刻起，外星人 LMN 的感觉与意识中，就只剩下了那种属于男人的感觉与意识。于是，在灿烂着脸更灿烂着心地忍不住一下便将这地球女郎的纤纤玉指握进了自己的手中之后，外星人 LMN 就完完全全地、彻彻底底地成了这地球女郎的俘虏……

这之后，在这地球女郎的指引与领导下，外星人 LMN 便看到了地球那更奇异的姿态和地球上那更独特的风情。

这之后……这之后，外星人 LMN 实在是有些乐不思蜀了。

但就在这个时候，或者更确切地说是在又一次缠缠绵绵、翻云覆雨的温存之后，那地球女郎却向外星人 LMN 提出了要他马上回到自己的星球上去的要求。

"回去？我为什么要回去呀？不，我可不想离开这迷人的地球，更不想离开比这地球更迷人的你呢！"

外星人LMN回答。这样回答的同时，外星人LMN还不由自主地想在地球女郎那两座极其饱满又极其坚挺的"山峰"上再折腾一番。

可地球女郎却一下便从床上坐起了身来，一边伸出手挡住了外星人LMN的手，一边铁板着脸对外星人LMN说道："不，你必须回去！而且必须最迟在明天就回去！"

"你……这究竟是怎么回事又究竟是为什么呀？"外星人LMN实在是不解又纳闷。

于是，地球女郎就边穿衣服边将一张小纸条塞进外星人LMN的手中，同时这样告诉外星人LMN："因为我们想尽快得到你们刚落成的那座超视距和超威力的激光装置的有关参数——对了，你到了自己的星球后，必须立刻以这纸条上所写明的方式，将那些参数毫无保留地传给我……"

"哦，你这是在要我做自己星球的叛徒呀！你——你怎么可以这样呀？！"

"废话少说，你还是马上去作回去的准备吧！"

"是的，我是得马上就回去了！但我要告诉你的是：你，不，你们的阴谋是绝对不会得逞的！"

"你真的这么自信么？只是，你有这么自信的资本么？"

这么说着，只见地球女郎轻轻地按了一下也不知是什么时候拿在了手里的一个遥控器，随即，整个房间的墙面，便立刻成了重现和展示她与外星人LMN正在云来雨去的场景的立体屏幕……

"你们——你们可真是卑鄙到了极点了呀！"

"卑鄙？哦，我的大帅哥你可能还并不知道在我们地球上有个

会说话的蚂蚁

叫作'不择手段'的成语吧？不过我相信你是一定清楚这样一点的：虽然我们地球的科技水平确实还远远地落后于你们，可要将这样的画面传到你夫人乃至你们星球的总统的手里，我们还是可以很轻易地做到的，所以……"

至此，外星人 LMN 的那场突如其来又突如其去的地球艳遇，算是完完全全地、彻彻底底地结束了。

那么，这故事的最终结局又究竟会或者说又究竟该是怎样的呢？哦，真的是很不好意思——因为身为故事讲述者的在下确实并不知道这故事的最终结局，所以也就实在是没办法再继续给您讲述下去了。

外星人 OPQ 的地球相亲经历

相的并不是亲却叫相亲。不知道地球上如此这般的"缘来如此"，会不会经由亲身经历过的外星人 OPQ，而在外星球广泛传播？

在听说了地球上的女孩是如何的漂亮又是如何的贤惠之后，正处男大当婚年纪的外星人 OPQ，便先是毅然决然地中止了与自己所在星球的一个人人都说好的女孩的恋爱关系，然后就不顾家人的强烈反对和朋友的苦口劝阻，在一个月明星稀的夜晚，偷偷驾着他们家那架超光速小型飞船，直奔地球而来。

在经过了九九八十一天的行程之后，外星人 OPQ 到达了地球上一个名叫 CHA 的地方。在那里，外星人 OPQ 一出飞船便逢人就问："请问，我怎样才能在地球上找到一个如意的女孩做自己的老婆呢？"

第三辑　皇帝的指甲

"你就先去电视台报名呀。"几乎所有的地球人都这样回答外星人 OPQ。

接着，几乎所有的地球人还都这样补充道："你可能不知道吧？我们这里的差不多每家电视台都有相亲节目呢。"

"电视台？相亲？"一开始，外星人 OPQ 当然是很有些莫名其妙的。这电视台跟找老婆会有什么关系呢？那相亲又究竟是怎么回事呢？不过，经进一步的深入询问和人家那进一步的详细解释之后，外星人 OPQ 也到底是弄明白了——原来，如今的地球上正流行着通过电视节目去找老婆呢！

哦，那我就入乡随俗吧！这样想着，外星人 OPQ 便在一个好心又热情的地球人的指引下，带了自己所有的身份材料和证件，去一家名为 CBTV 的电视台报了名。

CBTV 电视台的相亲节目名叫"缘来如此"。对这一节目名称，读大学时曾将地球语作为自己的专修外语的外星人 OPQ 很是喜欢，同时也第一次那么真切又那么深切地感受到了地球语的奇妙——"缘"即缘分，所以，"缘来如此"的意思也便是"缘分就是这样来的"；同时，"缘"又与"原"同音，因此，"缘来如此"还有着"原来如此"的意思呢……而更让外星人 OPQ 喜欢并感到奇妙的是，在这天的节目开始之后，外星人 OPQ 放眼望去，面前所站着的那左右两排的共计二十个地球女孩，确实是个个都有着沉鱼落雁之貌、闭月羞花之态呢——你瞧，她们的面容是那样的娇媚，她们的身材是那样的苗条，她们的……

当然，在这天的"缘来如此"中，外星人 OPQ 也自然而然地成了众目睽睽的焦点。要知道，在地球人办的电视相亲节目中出现外星人，这可是开天辟地头一回、史无前例第一次呢。因此，几乎全部美女的目光，都从一开始起就集中在了外星人 OPQ 的身上，特

会说话的蚂蚁

别是在那嘉宾相互提问的环节，外星人OPQ差不多是连回答都来不及呢——

"你们星球上的住房会比地球上的更宽敞么？"一号女嘉宾问。

外星人OPQ答："在我们星球，婚房的最低标准是五百平方米。"

"你家有比我们这儿的法拉利跑车更好的小汽车么？"九号女嘉宾问。

外星人OPQ答："我不知道你们这儿的法拉利跑车是什么样的，但我可以告诉你的是，在我们家，一是每个人都有着一辆属于自己的小汽车，二是那车是既可以在路上跑，又能够在水里游和在空中飞的。"

"哇！那么，你的年薪折合成我们的地球币有多少呢？"二号、五号、六号、十三号、十七号、二十号女嘉宾几乎同时问。

外星人OPQ答："我们星球是按周计薪酬的，我目前的周薪酬是——哦，请稍等，让我换算一下……哦，折合成你们的地球币，我目前的周薪酬应该是十八万元吧。"

"哦！那你婚后可以不和你父母住在一起么？"三号女嘉宾问。

外星人OPQ答："可以。当然，这最终得由双方的意愿来决定。"

"对了，你父母都有没有担任什么职务呀？"八号女嘉宾问。

外星人OPQ答："职务？哦，我懂这位美女的意思。当然，我的父母分别都在我们那星球上担任着一定的职务。只是，依据我们星球的保密法和职务管理条例，请恕我不能在这里具体相告。"

"我倒并不想知道那些。我最关心的是你的身体。事实上，你看上去要比我们地球上的男人矮多了也小多了，所以，我要问的是：如果我做了你的老婆，你能尽到并尽好作为一个老公的那种职责与义务么？"四号女嘉宾问。

"哦，这位美女的直爽与直白，实在是太叫我惊讶又欢喜了！

当然，十分遗憾和可惜的是，在现在这样的场合，我又实在是没办法也不可能一展我作为一个男人的那种风姿呢，呵呵……"

就在这样热烈非凡的气氛中，CBTV 电视台的这期"缘来如此"，也创造了这样一个空前的奇迹：所有二十个参加节目的女嘉宾，最终竟全都表示愿意做外星人 OPQ 的老婆，而且还显得意向一个比一个强烈、愿望一个比一个迫切！

但这是一个讲规则的时代。因此，按照节目那一直以来所严格实行着的规则，当节目主持人最后告诉外星人 OPQ 只能从那二十个人中选取一人，并要求外星人 OPQ 在十五分钟的节目广告过后，最终做出究竟选的是谁的决定的时候，包括坐在电视机前的千千万万的观众在内的所有人，便都再次将目光集中在了外星人 OPQ 的脸上，不少人还不由得一时间都屏住了呼吸……

"四号！我选至少关注的是我本人而不是别的什么的四号！"十五分钟的节目广告过后，外星人 OPQ 大声宣布着自己的决定，并在场内外的一片尖叫声中，牵着四号女嘉宾的手走向后台。

不过，在那里，那四号女嘉宾却不无遗憾甚至还显得很有些苦闷地这样告诉外星人 OPQ 道："不，我已无法做你的老婆了。"

"为什么？"

"因为我已经有老公了。"

"你有老公了？那你为什么还要来参加相亲？"

"我其实根本就不是来相亲的。我只是这'缘来如此'节目的一个'托'。"

"'托'？"

"哦，我该怎么跟你解释是好呢？这样吧，说不好听一点——实际上，我们的词典里也就是这样解释的——所谓'托'，便是帮助行骗的人诱人上当的人。也就是说……哦，应该不用我做进一步

会说话的蚂蚁

的解释了吧？当然，我可以因此获得一笔数字不小的报酬。"

"这……哦，这'缘来如此'原来如此呀！"

就这样，带着很是真切又很是深切的感慨，外星人 OPQ 的地球相亲经历结束了。

外星人 RST 的地球打假经历

连"打假办"的人都有假冒的，还会有什么是真的？不，外星人 RST 这个人可绝对是真的，他那场打假经历则更绝对是真的。

喝酒是外星人 RST 的最大爱好。

外星人 RST 有一个真正称得上远大的志向，那就是要喝遍星际所有的美酒。

因此，在得知地球上有一种名叫"五茅剑"的、由大米酿成的名酒之后，外星人 RST 便迫不及待地驾着自己那艘总是保养得和新的一样的超光速飞船，越过三万光年的空间距离，风尘仆仆来到了地球。

不用说，外星人 RST 很快便在当地的一家大型超市中买到了一瓶"五茅剑"。

只是，在打开那瓶"五茅剑"的瞬间，外星人 RST 所闻到的，却并不是传说中的那种扑面而来的浓郁的酱香，而是一种实在辨不清究竟是什么的、总之是有些怪怪的味道。这让外星人 RST 不由得有些纳闷起来：我喝过的酒已何止千种万种，怎么就从来都不曾闻到过如此这般的味道呢？莫非地球人所喜欢的，就是这种我闻所未闻的味道？

这样纳闷着，暗想着，外星人 RST 的一只手，便下意识地伸进了自己的双肩背包。

外星人 RST 自己研制有一种能通过酒的味道去判别酒的真假的仪器。不过，令外星人 RST 很是后悔和懊恼的是，大概是来得实在有些匆忙了，所以竟忘记了带这仪器！

于是，在暗自叹了口气又摇了摇头后，外星人 RST 便只得按照自己一直以来养成的习惯，先将这"五茅剑"咪了那么一口，小小的一口。当然，凭良心说，这小小的一口"五茅剑"，还是让外星人 RST 的味蕾感受到了一种属于酒的滋味的，尽管它又真的是有些怪怪的。没错，那确实是一种属于酒的滋味，至于它为什么没有传说中的那种香味，或者说为什么它的味道又真的是那样怪怪的，这大概是由地球人的口味所决定的吧……

就这样，外星人 RST 一边如此这般地设想着，一边一小口、一小口地喝着那"五茅剑"。

喝着喝着，突然，外星人 RST 发觉自己的头开始隐隐作痛了，再看一眼那瓶酒，实际上是才喝了不到一斤的三分之一呢！

假酒！外星人 RST 不禁脱口叫出了声来。

作为一个已不知喝过多少酒了的喝酒爱好者，外星人 RST 自然有的是酒量。而以往，只要喝的是真酒，无论是什么品种的酒，也不管是哪个星球的酒，即使喝上整整三斤，外星人 RST 也从来都不曾头痛过的呢！所以，凭久经检验过的经验，外星人 RST 已将喝后会不会头痛，认定为除仪器之外的另一个判别酒的真假的标准。

现在，因为已确定这瓶"五茅剑"是毫无疑问的假酒，外星人 RST 便拿着那还没喝完的酒，再次去了那家大型超市。

会说话的蚂蚁

外星人 RST 的地球打假经历就这样开始了。

"假酒？你凭什么说它是假酒呢？"超市的一个领导模样的人问。

外星人 RST 便很充分又很专业地说了自己的理由。

"即使它真的是假的，你又凭什么说它是我们超市卖给你的呢？"

外星人 RST 就向那领导模样的人出示了自己买这瓶酒时的发票。

"哦，这倒确实是我们的发票，也确实能证明你在我们这里曾买过一瓶'五茅剑'，但这又怎么能证明你现在拿着的这瓶酒，就是我们当时卖给你的那瓶酒呢？"

"你们——你们怎么可以如此不讲道理又如此强词夺理呀！"

"我就是不讲道理你怎么样？！我就是强词夺理你又怎么样？！告诉你，你要是继续这样啰里啰嗦不识相下去，我就叫你吃不了兜着走！"

"你们……"

真所谓秀才遇到兵有理说不清，没办法，外星人 RST 最终便只能悻悻然离开了那超市。

当然，这假是无论如何都要继续打下去的——假酒可是会要人的命的，如果对假酒采取放任和容忍的态度，这跟放任和容忍谋杀又有什么不同呢！

只是，这假又该如何继续打下去呢？忽然，无意中发现的那酒瓶上印着的一个电话号码，提醒了外星人 RST——对了，虽然这酒百分之百是假的，但制假人为了能以假乱真，在酒瓶上印的电话号码却应该就是那真的"五茅剑"厂家的电话号码，所以，我何不与那厂家联系一下，然后就联合厂家一起来打这假呢？

说做就做。滴滴答答的一阵按号音后，外星人 RST 便用自己那部星际通手机联系上了"五茅剑"公司总部。

"你说你喝到了打着我们的牌子的假酒？"

"是的，那是百分之百地打着你们的牌子的假酒。"

"唉，光是今天下午，我们就已接到了 333 个与你一样的投诉电话呢。"

"那你们更应该好好地管一管这事呀！"

"管？我们也是受害者，所以我们当然也想管。可我们又不是主管部门，因此我们是想管又实在没法管呢！"

"主管部门？"

"没错。我们各地都有主管假酒、假烟、假药及假避孕套之类的假货的部门——这部门的名字叫'打假办'，所以，你还是直接去找你现在所在地的'打假办'吧。对了，'打假办'的人其实都很好认，因为他们都穿着统一的制服……"

这一通电话打下来，外星人 RST 一方面是很同情甚至是很可怜那"五茅剑"公司——他们居然对那直接针对他们的制假行为束手无策，同时也对地球上的政府机构之完善不能不感到由衷的敬佩——他们竟然还有专门的'打假办'，这可是别的任何一个星球都没有的呀！

怀着这样的敬佩之情，外星人 RST 便决定立刻就去找当地的"打假办"。

很快就找到了，不，应该说是很快就遇到了——在一条人来人往的大街上，外星人 RST 见着了两个穿着那"五茅剑"公司的人在电话中描述过的那种制服的人，上去一问，他们果真就是当地"打假办"的工作人员！然后，他们便很是热情地说要为外星人 RST 现场办公——他们将外星人 RST 引进路边的一家咖啡店，在那里，他们十分详细地向外星人 RST 询问并记录了有关的

会说话的蚂蚁

情况……

"非常感谢你的积极投诉和你那种认真的打假精神！你放心，对那超市的这种明目张胆的售假行为，我们是一定会做出最严肃又最严厉的处理的！"在让外星人RST在那份投诉情况记录表上签完字后，那两个"打假办"的工作人员边说边紧紧地握着外星人RST的手。

接着他们又告诉外星人RST道："不过，为了表明你的投诉绝不是那种恶意投诉，所以，你得先交上一定数量的押金——当然，请放心，待这事查证并处理完毕之后，我们不仅会如数奉还你的押金，还将发给你至少大于这押金三倍的奖金！"

这显然是外星人RST没想到的。当然，这可能也是属于地球人办事的一种规矩吧！恩，我该入乡随俗才是呢……

就这样，在接过外星人RST的一笔数字不小的押金后，那两个"打假办"的工作人员便马上动身查证去了；外星人RST呢，因为眼看着自己的打假很快可以大功告成了，就显得很是惬意地干脆坐在这咖啡店里有滋有味地喝起了咖啡来……

这时候，咖啡店的一个服务员，过来悄声对外星人RST说道："先生你上当了，刚才那两人实际上并不是'打假办'的人——他们是假冒的呢！"

"假冒的？他们是假冒的？连'打假办'的人都有假冒的？"

因为惊诧，那杯正端在外星人RST手中的咖啡，便在一番自由落体动作和一声既闷又脆的音响后，全都泼在了咖啡店那由花岗岩铺成的地上。

第三辑　皇帝的指甲

外星人 UVW 的地球行善经历

当善良被可恶的欺诈利用，特别是被比可恶的欺诈更为可恶的权力利用的时候，一心想着行善的外星人 UVW，自然也就只能独自回到自己的飞船中去了。

在富翁如云的星际，外星人 UVW 虽然算不上是一个超级大富豪，却绝对称得上是一个超级大慈善家。据说，很多年来，外星人 UVW 的慈善足迹已遍布整个星际的近三分之一星球，受其资助的人数得以百万计……

这天，外星人 UVW 风尘仆仆地来到了地球。

外星人 UVW 是在看了星际互联网上的一份呼吁书后专程赶来地球的。那呼吁书由地球慈善总会发布，主要内容是：由于战争、疾病、地震、洪水等各种各样的原因，地球上还有千千万万的少年儿童上不了学，或者是上了学后又不得不中途辍学，因此，地球慈善总会吁请各兄弟星球的好心人伸出援救之手——"只需一万元地球币，就能让地球上的一个少年儿童走进或重新回到他所梦寐以求的校园！而您所付出的那份爱心，不仅将被地球的明天记载，也必定会被星际的未来铭刻呵……"

当时，也曾经是个失学少年的外星人 UVW，差不多是满含着热泪读完那份呼吁书的。接着，在以最快的速度准备好了大量星际通用的现金，同时办妥了一张可在星际随时随地通兑或转账的信用卡之后，外星人 UVW 便立马驾着自己那艘时常穿梭在星际间的飞船，

会说话的蚂蚁

夜以继日地向地球飞奔而来……

此刻，外星人UVW顾不上那种一路飞奔的疲累，也顾不上天色已晚，正步履匆匆地行走在地处地球中心位置的一座城市的一条街道上。当然，由于只想着要尽快去实施和实现自己此行的目的，所以，外星人UVW也根本没顾得上去欣赏尽在眼前的那种属于地球的新奇景象……

就在这时，街的转角处的路灯下跪着的一个小男孩，引起了外星人UVW的注意。

这是一个按地球人年龄的算法该为十二三岁的男孩。男孩的面前还摊开着一张皱巴巴的已变了颜色的白纸，那纸上写有这样的文字——

我是一个刚上初中的学生，也就在我为自己能进入初中去学更多的知识而欢欣鼓舞的时候，一场飞来横祸降临到了我的头上：父亲在去田头劳动的路上被一辆大卡车当场撞死，悲痛无比的母亲一急之下得了中风，而且还被查出患了晚期肺癌，所以……

借着路灯的光亮，读着这段基本能一口气读通并读懂的地球文字，外星人UVW不禁又差点儿要流出同情的眼泪来了。好不幸好可怜的孩子呀！看来这地球上还真的有的是如此这般迫切需要帮助的人呢！又看来我来得还真是时候呢！

这样想着，外星人UVW便立即从提包中掏出来一叠钱放在那男孩面前，同时用并不怎么娴熟的地球语，对那男孩说道："孩子，不幸其实也是一份财富，更重要的是我们绝不能被不幸击垮，哪怕那是天大的不幸！所以，请你勇敢地抬起头，挺起身，化悲痛为力量，然后回到学校，去继续你的学业吧！"

第三辑　皇帝的指甲

　　此后，因见街上已是人烟稀少，再加上有阵阵倦意不时袭来，外星人UVW便带着那种终于已在地球上做成了第一件善事的欣慰感和愉悦感，回自己的飞船休息去了……

　　第二天，迎着在地球的东方冉冉升起的朝阳，外星人UVW的身影再次出现在了那座地处地球中心位置的城市的大街上。这一回，由于昨晚的那种欣慰感和愉悦感还未消退，所以，外星人UVW便显得很有些兴致勃勃——不仅是兴致勃勃地边走边暗自打量并惊叹着那种属于地球的景象的独特，甚至还兴致勃勃地在一家路边小吃店叫了一碗名为"馄饨"的地球食品尝了个新鲜……

　　哦，那叫作"馄饨"的东西吃着还真是有滋有味呢。尝罢这新鲜，外星人UVW就一边回味着"馄饨"的鲜美，一边欣欣然走出了那小吃店的大门。这时候，就在离那小吃店不远的地方，外星人UVW又看见了一个跪在那儿的小男孩。而走近了一瞧，外星人UVW不禁一下就将眼睛变成了地球上的鸡蛋的模样——这不就是昨晚上我已给过他钱了的那个小男孩么？你看，他面前摊开着的纸也还是那张纸呢！

　　"你？你怎么……"外星人UVW实在是太意外了，所以一时竟不知道说什么是好。

　　这时候周围已围了不少看热闹的人，而在弄清楚了有关情况后，就有人异口同声地告诉外星人UVW道："先生你上当了呀，这小家伙其实是个小骗子呢！"

　　"上当？小骗子？这……"外星人UVW自然是更加的意外了。

　　人们于是就一五一十地跟外星人UVW说了他们所知道的这小男孩的真实情况，并告诉外星人UVW，这样的专骗外来人的小男孩（还有小女孩）全城共有十多个呢。

　　"哦，你们地球上竟有这样的人呀！那是不是说你们地球上其

135

会说话的蚂蚁

实并没有什么失学的少年儿童呀？"

"不，有，而且还确实有很多。"

"那么，我怎样才能找到他们然后去帮助他们呢？"

"先生你应该把你的善款捐到我们这里才是呢。"说话的是一个显然是刚来到这里的人，这人还边说边将一张印刷得很是精美的、上有"地球慈善总会 CA 分会会长"字样的名片递到了外星人 UVW 的手中。

就这样，外星人 UVW 便坐着那人的奔驰小轿车，来到了地球慈善总会 CA 分会的办公大楼。当然，那是一幢很气派很豪华的大楼。然后，会长就将外星人 UVW 引进了他那既气派豪华又精细别致的办公室——在那里，会长先为外星人 UVW 在地球上遇上了骗子的事表达了最诚挚的歉意，同时对外星人 UVW 不远千百光年的距离前来地球行善致以最衷心的感谢，接着，两人就边喝茶，边围绕着诸如"慈善"、"失学少年儿童"及"公益"一类的话题，很是热烈又很是投机地交谈了起来……

不知不觉中，时间已到了中午。不用说，会长是要请外星人 UVW 吃饭的，在离他们那办公室不远处的一家富丽堂皇的饭店。席间，很让外星人 UVW 有些不解的是，这一起吃饭的怎么会有那么多的人呀，整整一个大圆桌都坐满了呢。这时候，服务员给每人端上了一碗什么食物，待那既有些粘又很是滑的食物入口后，外星人 UVW 因为联想到了早上在那路边小吃店所吃过的馄饨，就不禁脱口说道："哦，这食物比馄饨还要好吃呢！"

"馄饨？哦，先生一定不知道这是什么吧？这可是由我们地球上最珍贵又最美味的两种食品做成的呢，它的名字叫燕窝炖鱼翅，它的价格是那馄饨的上千倍呢！"会长介绍说。

接着，会长又十分骄傲和自豪地对满脸惊讶神色的外星人 UVW

第三辑　皇帝的指甲

说道："对啦，先生也一定不知道您刚才在我办公室喝的茶是什么茶吧？那叫'明前龙峰'，这'明前龙峰'在我们整个地球上的产量，也就那么几十公斤呢。还有我们现在正在喝着的那酒……"

"哦！"外星人UVW的神色自然是更加的惊讶了，然后，外星人UVW又忍不住脱口问会长道："那么，我们现在吃的这桌饭需要多少钱呢？"

"也就那么十来万吧。"

"十来万？不是说一万地球币就可以让一个失学的少年儿童走进或重新回到他所梦寐以求的校园么？还有，你们哪来的这么多的钱呀？"

"提成呀，我们当然得从所有的捐款中按一定的比例提成呢，因为我们也得喝茶、吃饭、坐车嘛。"

"原来……"外星人UVW想说什么又终于没说出口来。然后，在下意识地看了一眼自己那好在还没动过拉链的提包后，外星人UVW便拎起那提包，独自走出了那饭店……

此刻，外星人UVW已回到自己的飞船中，并正在苦苦地想着这样一个问题：我怎样才能将自己的钱，安心、安全又完全地送到那些真正需要这些钱的人的手中呢？

第四辑　别人的聪明

　　这是一间属于爱情的厢房。因为爱情，你肯定既会收到《情人节的礼物》，也会遇上《情人节的伤心事》吧？而你一定要记住的是，爱情《失败》的一个重要原因，往往就是你只顾着在那里《等待敲门》。所以，面对爱情，请千万不要再用《别人的聪明》去写那些《无情的情书》了，而只要把那句《明天我依然爱你》的《真话》说出来就是了。

失　败

　　因为失败，"我"终于低下了一直自以为是高贵得不能再高贵了的头。这既是一个关于爱情的故事，更是一则属于生活的寓言。

　　周围的人都认为李世青是我的情敌，我手下那几个弟兄还曾摩拳擦掌地问过我：怎么样，咱去给那小子点颜色瞧瞧吧，也好叫他识相点！

　　我却摆了摆手，若无其事地说：根本就没这个必要，他这明摆着是癞蛤蟆想吃天鹅肉嘛。

我这般不把李世青放在心上，自然是有充分理由的：虽然我很清楚李世青确实也在追阿敏，但他凭什么去摘阿敏这朵香飘十里的鲜花呀？事实上，李世青的底细是大家都一目了然的，以我的经济基础及家庭背景等等，他要跟我较量，那实在是一种鸡蛋与石头的对抗呢！

也就是说，阿敏这朵香飘十里的鲜花，无疑是非我莫属的！

当然，我最终得到阿敏的过程，也并非一帆风顺。就说那次看电影吧——那时候，有部被吹得盖了帽的美国大片在本市上映，我自然不会轻易放过这种能讨得最爱看电影的阿敏的欢心的机会，就搞好了票去约阿敏。可阿敏说她那晚上正好有事。而第二天一早，我手下的兄弟便来向我报告，说是昨晚上在电影院门口，他看见阿敏和李世青一起在那儿等退票呢。

这……嗨，我真有些不明白阿敏为什么会这样傻。这同时，老实说，我也隐隐地感觉到了李世青这只"鸡蛋"的硬度。但我还是再次断然否定了手下兄弟要去见义勇为的建议。我认为采取北约轰炸南斯拉夫那样的手段是不明智的。我自有比克林顿那帮人更高明也更有效的解决"科索沃危机"的办法。

具体说来，对于诸如此类的"科索沃危机"，我的处理办法，一方面是"按市场经济规律办事"。我有的是钱，我便用这能使鬼推磨的东西先后买通了阿敏那些小姐妹，让她们你说我说个个去阿敏面前说李世青的坏话（同时当然还会说我的好话）；另一方面，我又动用了属中国特色的"行政命令"。我的老爸既管着阿敏单位的头儿也管着李世青单位的头儿，于是我就让自己的老爸去给那两个头儿"上课"，再通过他们，分别去"教育"阿敏和李世青……

就这样，阿敏终于成了我婚礼上的新娘。

会说话的蚂蚁

不用说，我那婚礼是操办得相当相当隆重的。那可不仅仅是一场婚礼，同时还是一场胜利的庆典啊！因此，在挽着貌若天仙的阿敏进入洞房的时候，我忍不住脱口自言自语了这么一句：哼，李世青这小子……

接着当然便是人们所谓一刻千金的洞房花烛夜了。

但我怎么也不会想到的是，就在这个晚上，躺在我臂弯里的阿敏，却在睡梦中一个劲地这么叫着：世青！世青世青……

顷刻间，我原本所有的那种胜利的喜悦便一下跑得无影无踪了。我也忽然懂得什么叫作失败了——原来，阿敏虽然成了我婚礼上的新娘，可我却不折不扣地是李世青的手下败将！

为此，我在第二天单独去见了李世青。我只问他这样一个问题：你究竟是凭了什么，才使得阿敏对你如此念念不忘的？

我只有真诚的感情。其实，钱也好，权也罢，常常是很难换取一个人的心的。

李世青如此回答我。他的这一回答，终于迫使我低下了一直自以为是高贵得不能再高贵了的头。

真　话

没有比真话更可贵又更让人在乎的了。而且，你必须明白的是，所有那些意在讨好或者只是好听的话，都不可能是真话。

交往了近一年的时间后，关系还始终停留在一般意义上的女朋友范围内的琳，在一次咖啡屋约会时忽然向我提出要求，让我说说对她的印象，并强调一定要说真话。这同时，她又用极轻极轻却如唱歌般动听迷人的声音道："只要你说真话，我就……"

哦，我当时真的是只差一点就要晕过去了。我这无疑是激动的缘故。因为我感到：人们平时常说的那种幸福，此刻已十分真实地站立在了我的面前，似乎只要我一伸手，揽进怀里的琳，就将是我不折不扣名副其实地地道道的"女朋友"了！

当然，现在的我还不能伸手。现在的我必须张嘴。现在是君子动口不动手的时候。现在的我甚至连激动也不需要而只需要冷静。因为，现在的我所面对的，是琳的那个要求。

好吧……我就喝醉了酒似的望了琳一眼，然后便点燃了一支香烟。

其实，人们往往只知道香烟有刺激神经使之兴奋的作用，却并不晓得它同时还有着非常卓著的稳定情绪的功效。这不，缓缓地吞吐了一口烟之后，我便极其清醒地边思考边叙述起对琳的印象来了：

你很漂亮（尽管这与事实是有那么点距离的，但这是被古往今来的经验证明了的评论眼前的女人的首选词语。你想，哪个女人的自我感觉中不认为自己是很漂亮的呀）；你很聪明（这倒绝对是真话）；你很有主见（琳当然是有主见啦，她已经跟我交往了有近一年的时间，却从来不允许我越雷池半步，并在准备对我实行"改革开放"的时候还向我提出了那样的要求，这便是明证呵）；你很活泼开朗（这样说也似乎有点不够完全真实，但在当今这样活泼开朗的年代，说人家与时代精神相一致总不会错）；你很通情达理（这显然也是女人最喜欢听的一句话）；当然……

说到这里，我又看了琳一眼。告诉你吧，这其实是我十分得意的时候，因为我懂得，为了证明我所说的确实全是真话，我接着就应该也说说她的缺点。这实际上也将是我在琳的面前要过的最后一

会说话的蚂蚁

关了。当然，这缺点一定要说得非常的艺术，否则就可能不仅前功尽弃，还会……因此，又缓缓地吞吐了一口烟后，我便故意将自己的目光从已变得如法官般严肃的琳的脸上，移向了这咖啡屋的天花板，然后，我才不紧不慢又不轻不重地接着说道：

当然啦，你有时候也显得有点固执。

哦，这固执一词可是我精心选择的呢。因为我知道，固执一词在现如今是毫无伤害力的。它虽然看上去像是个贬义词，可又反而是在赞扬人有独立精神什么的。是的，现在的女孩子，你要是称她温柔，她可能并不会怎么高兴，甚至还可能会不以为然，而你说她固执，她倒会欣欣然这样回答你，"是啊，我可不想做一只小绵羊，什么都听你的，一切由你摆布呢……"

没错，我断定琳也是很喜欢自己拥有那样的"缺点"的。我也很想看看她说那样的一句话的时候该是怎样一副得意又娇嗔的样子呢。因此，在这之后，我便从天花板上收回目光，转眼到了琳坐着的位子上。

可那座位此刻已是空空如也。我举目四望，琳甚至已完全从这个咖啡屋里神秘地失踪了！

不过，这时候，我又很快便发现了在琳喝过的那个咖啡杯下留有一张纸条。而且，在这张纸条上，我看到了显然是琳给我写下的这样一行字。

真话：我很丑，但我很温柔。

第四辑 别人的聪明

等待敲门

只顾着在痛苦的煎熬中等待有人来敲你的门，还不如痛快地自己主动出门去寻找那人——如果你不想与那人失之交臂的话。

屋子里亮着一盏台灯。

橘黄中泛着粉红的柔和的灯光里，婕正端坐在自己的床头一针一针地结着毛衣。可不知怎的，结着结着，婕总要结错，不是将应该朝上挑的那一针往下扣了，就是在不该跳针的地方跳出了一个不大不小的洞眼来……

婕便显得很有些无奈。于是，她就只得不时地将那些结错了的地方拆掉再重结，这同时，她的眼睛会不由自主地瞄向房门。

房门紧闭着。

但这房门事实上并没有上锁。

其实，结毛衣不过是婕的一种掩饰，或者说只是她正在做的一个下意识的动作，此时此刻，她全部的心思实际上都是在等待敲门。

对啦，婕今年23岁。不用说，婕是个美丽无比的女孩——她所到之处，背上总会贴满那些仰慕又渴望的眼睛。不过，婕现在等待的，倒并不是所有那些长着仰慕又渴望的眼睛的人都来敲门。不，婕绝不是那种喜欢"博爱"的女孩。婕早已情有独钟。婕的眼前和心里，始终满是跟她在同一个单位工作的茂的身影。

说句实在话，论长相，茂算不上是跟婕这个"白雪公主"相般配的"白马王子"。但茂的才情和气质足以弥补他长相上的先天不足。

而且，在所有投向自己的目光中，婕也分明感到茂的目光是最热情和最强烈的。因此，婕便相信茂总有一天会来敲她的门的，而只要是茂来敲门，她无疑会……

于是，每当夜幕降临之后，婕就总会端坐在那橘黄中泛着粉红的柔和的台灯光里，结着她那件似乎是永远都结不完的毛衣。

日子就这么过去了一天又一天。婕那扇一直都没有上锁的房门，却始终是静悄悄的——哦，茂呀茂，你为什么……

婕也曾想过，或许应该在哪一天下班的时候，给茂一个什么暗示。只是，真有了那可以给茂暗示的机会时，婕却又忍不住要对他昂起头颅，做出来一副高傲的样子——在婕的感觉中，女孩子还是"内向"一点好。她认为主动应该是男人的事情。所谓"君子好逑"嘛。

就这样，时光在多情又无情地流逝着……

到了这天晚上，婕终于几乎没有心思再去结她的那件毛衣了。她就那么呆呆地坐在自己的床头，透着忧郁的眼睛只顾一眨不眨地盯着那扇没有上锁的房门。最后，当她意识到又一个晚上即将成为过去，当她好不容易做出决定，准备放下架子主动去找茂的时候，随着"吱呀"一声门响，茂竟出现在了她的面前！

"你……"在见到茂的刹那间，婕激动得几乎说不出话来。她只想立刻扑进茂的怀抱。

可茂好像并没有那种企求。他开口对婕说的第一句话是："真是不好意思，我来打扰你了。"

然后，茂就红着脸，低了头，告诉婕道："是这样的，下个月，我要和丽结婚了，丽想请你做她的伴娘，叫我先来跟你说一声。"

听了茂的这番话，婕的眼泪便禁不住哗哗地淌上了她那漂亮的脸颊。此时此刻，婕甚至已无法自已，于是她就脱口冲着茂嚷了起来："为什么？！难道我……我不配你么？！"

第四辑　别人的聪明

"你……我……"茂很是震惊，震惊得一时变成了结巴。

"我——我天天晚上都在等你来敲门呀……"婕索性就这样边流着泪边跟茂实话实说起来。

这时候，茂也终于亮出了他的心里话来："我虽然……可你总是那么一副高不可攀的样子，所以我就怕自己不配你呀……"

别人的聪明

这是一个属于"聪明反被聪明误"的故事。不过，造成这一故事的结局的根本原因，显然又不仅仅是因为"我"那聪明只是别人的聪明。

这几年，我凭着自己的聪明老智，在那险恶程度绝不会亚于战场的商场上纵横驰骋，获得了极为可喜的"战果"——关于这一点，相信您光从人们都叫我"小个子的大老板"上，便可清楚我丝毫也没有吹牛。

是的，尽管我的形象并不光辉，只是个身高1.60米、体重53公斤的小个子，但在禾城，如我这般已拥有上千万资产的老板，却实在是屈指可数的。我为自己是这样一个"小个子的大老板"而骄傲和自豪。

但我也有不如意。

那就是爱情。不过，我在爱情上的不如意与我那小个子的形象无关，也根本不是没有女人爱我。不，拿一句禾城人常用的话来说，爱我的女人不要太多喔，我这也绝不是在吹牛。

会说话的蚂蚁

真的，在我的周围，给我递情书、抛媚眼、送飞吻甚至是干干脆脆露肌肤的，简直难以计数，而且实在叫作美女如云，我若想结婚，那完完全全是一件简单得不能再简单了的事情呢。

于是，一个十分现实又十分严肃的问题，便摆在了我的面前：我怎样才能找准一个真正爱我，并值得我去全心全意地爱她的女人呢？

显然，我必须去沙里淘金。

别的不说，即使是我平时看上去感觉较好的阿梅、阿兰、阿竹、阿菊4人中，我便肯定有着"动机不纯"者，声称爱我，仅仅因为我是个"大老板"而已。只是，究竟谁是"沙"谁是"金"呢？老实说，尽管我是个在商场上有着足够的聪明才智的人，但我的这种聪明才智却在情场上显得那样的捉襟见肘。也就是说，分辨来分辨去，我还是没法分辨出阿梅、阿兰、阿竹、阿菊4人中，到底哪个是可以跟我白头偕老的。

我自然因此很是苦恼和不安。

不过，一个偶然的机会，一种属于别人的聪明，终于将我从那种苦恼和不安中解救了出来。

这天，我应约去S市谈判一笔买卖，在飞机上，由于见周围的旅客大都是成双成对亲亲昵昵的，我便忍不住边为自己那不如意的爱情暗自叹息着，边无聊地翻看那张由机上提供的晚报，而无意中从头读到了尾的一则小故事，不禁令我精神一振。那故事说的是一个从战场上回来的人，为了弄清楚究竟是自己的前妻好还是后妻好这个问题，便在回家前分别给前妻和后妻发了一份电报，谎称自己在战场上不幸失去了一条大腿，然后分别问前妻和后妻是不是欢迎他回到她的身边？结果，这个在战场上不仅毫发未损还立了多次军功的人，便终于回到了真正爱他的前妻的身边……

哦，这实在是个分出谁是"沙"谁是"金"来的绝妙办法呀！

于是，到了S市的第二天，我就如法炮制，分别给阿梅、阿兰、阿竹、阿菊4人打了电话，并用尽可能显得十分悲苦的声调，告诉她们我此次到S市是落进了一个凶残可怕的陷阱——不仅是我全部的资产已被诈骗一空，而且，我的脸还被那惨无人道的坏蛋划了两刀……

为此，阿梅在电话那头只说了一句"那你还打电话给我干吗"，就嗒地一下搁了电话，仿佛早将她在我临上飞机时，要我到了S市后一定给她打个电话的千叮咛万嘱咐忘得一干二净；阿兰呢，也似乎只是听了个能使她如临其境的故事一般，只顾着在电话的那端一个劲地哭叫："噢，我怎么就没那个福分呀"；至于阿竹，则更是一副冷若冰霜的口气，她甚至还在电话那头这样冷笑了一句："哼，其实我早该想到你会有今天的"……唯有阿菊，听完我的诉说，在一阵显然是因惊诧而产生的短暂的沉默之后，说了一句令我当场泪珠哗哗直滚的话："那你快回来吧，我去机场接你！"

不用说，阿菊就这样圆了我的爱情梦。

只是，婚后不久，我便发现阿菊其实也只在爱"大老板"，而根本不是真心诚意在爱我……

这让我非常的羞恼又不解。

于是，在一次她非要我给她的银行户头上再增加10万元不可时，我终于发出了愤怒的吼声：你原来根本就没爱我！

爱你？爱你那三等残废的模样？

可你……可你当初经受住了我那爱情的考验的呀！

考验？你拉倒吧。你那点小聪明只能骗骗那些个傻瓜呢！老实告诉你吧，就在你打电话给我的前一天，我曾在晚报上看到过一个故事……

会说话的蚂蚁

阿菊叉着腰，一边洋洋得意地说着，一边朝我冷笑，直笑得我浑身都在顷刻间起了鸡皮疙瘩，又笑得我直想开口骂写那个故事的家伙是在谋我的财害我的命……

情人节的礼物

作为情人节的礼物，那个浑身都长满了刺的仙人球显然是既不养眼又不能暖心的。但她最终还是接受了它，而且是欣欣然接受了她。

情人节的礼物，当然该是那浓浓艳艳的红玫瑰了。

说心里话，在今年的情人节来临之际，我比以往任何时候都更殷切地在期盼着能收到一枝或一束甚至是一大捧浓浓艳艳的红玫瑰。因为，我和他刚吵了不大不小的一架，并由此使我们的爱情进入了"冷战状态"——在这样的非常时期，倘若他有心，倘若他能带着诚意送来一枝或一束甚至是一大捧浓浓艳艳的红玫瑰，我当然便可以顺水推舟地"大人不记小人过"，与他尽释前嫌、重归于好了。

然而，到了情人节这天，他虽是如我所愿地送来了礼物，可那礼物竟是——竟是一个仙人球！

那是一个浑身都长满了刺的仙人球，种在一只毫无情调可言的普通瓷盆里。这天，当我起床后打开门，在房门口一眼发现它，并很快就猜想出来这就是他给我的情人节礼物的时候，我真的是只差一点儿就要被这意外气晕——该死的，他大概还嫌先前伤得我不够厉害，所以才要用这满身是刺的劳什子来加倍地折磨我！

我相信，我当时内心深处的那种委屈和气恼，是谁都会产生又

第四辑 别人的聪明

谁都能理解的。

　　我还相信，我不仅有充分的理由失望，而且也已经有了痛下从此与他一刀两断井水不犯河水的决心的充分理由。

　　然后，我便满含着委屈、气恼和失望的泪水，深怀着类似于黛玉葬花般的心境，准备叫眼前的那个劳什么子仙人球见鬼去吧！

　　也就在这时，在我恨恨又狠狠地一脚将那瓷盆踢了个底朝天之后，我看见了原本压在这瓷盆底下的一张纸条，于是，我便有意无意又自觉不自觉地捡起了它，接着我就读到了他留给我的这样一段文字——

　　也许你盼着的是一枝或一束甚至是一大捧浓浓艳艳的红玫瑰。事实上，我是想到了要在这么个日子里送你一枝或一束甚至是一大捧红玫瑰的，而且，我还已经从街头的一个小女孩那儿买好了一大捧浓浓艳艳的红玫瑰。但我最终还是把它扔了。因为，红玫瑰纵然浓浓艳艳，但它的浓艳却只能维持几天的时间，而这仙人球，虽然它似乎不能寄托情意，还带着刺，可它却无论春夏秋冬，不管风吹日晒，即使是长时间不给它浇水，它也照样能旺盛地生长！你说，究竟是一时的浓浓艳艳好，还是不屈不挠的旺盛好呢？至于这仙人球的刺，实际上是它那生机无限的生命活动力的一种存在和体现方式呢……

　　读到这里，也许是"心太软"了，我居然有了一种怦然心动的感觉，还居然鬼使神差地弯下腰去捧起了地上那盆原本是要叫它"永世不得翻身"的仙人球，然后，我又小心翼翼地端进卧室，将它堂堂正正地摆放到自己床前的窗台上。

　　而且，这天晚上，我还主动给他打了电话，约他六点半去那家"地

会说话的蚂蚁

久天长"咖啡屋坐坐——当然，在电话里，我用的可是凶巴巴的口气，道："你可听好了，一、本小姐已被你气得连走路都没力气了，所以你必须用你的自行车带我去那里；二、要是你敢迟到一分钟的时间，本小姐就会把那仙人球上的刺全部移植到你的脸上，叫你的脸也变成仙人球……"

情人节的伤心事

冯先生所遭遇的情人节的伤心事，无疑是他始料未及的。但冯先生老婆所说的那番话，好像也不属于胡搅蛮缠。看来还真不能将情人与爱人混为一谈。

冯先生本是那种对潮流及时髦之类很是冷漠，且又很是不以为然的人，不过，这天，冯先生的心，却有点像那被初春的空气浸润的花草树木一样，忍不住有种蠢蠢欲动的感觉。

没错，走在大街上，在那种扑面而来的初春的气息里，街两旁的那些梧桐树虽然还是枝条上光秃秃的，但它们显然已不再慵懒，也不再寂寞。在那微微的春风中，它们纷纷东张西望着，似乎还在热烈地窃窃私语着……于是，原本心静如水的冯先生被感染了，他就也不由自主地边走边东张西望了起来，结果，满街醒目的"情人节"字样，便水一样流淌进了冯先生的眼眶……

原来今天是情人节！怪不得街两旁一下子冒出来了那么多如雨后春笋般的花店，也怪不得路上那些行人，特别是那些年轻的行人——的姿态，怎么看都像是服用过兴奋剂的呢。冯先生不禁想。

第四辑 别人的聪明

这同时，他还抿着嘴唇微微笑了笑，不以为然地抿着嘴唇微微笑了笑。冯先生当然是知道情人节是怎么回事的，但一直以来，冯先生都觉得过这样的节也实在是太崇洋媚外了，至少也是一种对"节"的浪费，甚至是对"节"的亵渎。也就是说，冯先生还从来没有将这情人节当过一回事。

不过，今天，在不以为然地抿着嘴唇微微笑了笑之后，冯先生的心里，却又忽然起了要过一回情人节的念头。

因为冯先生忽然想起了他的老婆。冯先生的老婆是个很不错的老婆，当然，作为老公，冯先生同样是个很不错的老公。他们结婚已近10年。这近10年来，他们之间虽然也难免会有一些磕磕碰碰的事情发生，可总的说来，他们的生活是圆满和幸福的。这是冯先生的感觉。而且，冯先生还很有些感激老婆，因为，一直以来，家里的活几乎都是老婆一个人包干的，他呢，每天只需跟进出饭店与宾馆一样就是了……

想起这些，冯先生的心就在一时间热了起来。今天，利用今天这个特别的日子，给老婆送一束鲜花，表一表自己的心意，让她也高兴高兴，怎么样？

主意一定，冯先生便连忙兴冲冲地走进一家花店……

接着到了冯先生回家的时间。那时已是万家灯火。走在路上，那时的冯先生的心情，就像这万家灯火一样的灿烂。老婆此刻会在做啥？当她接过花店员工送去的那一束鲜艳的玫瑰，并且从那送花人的嘴中知道，这是做老公的我给她的礼物的时候，她会是怎样的一种心情？她到底会将那束玫瑰放在哪里呢？是结婚时朋友送的那个花瓶，还是我去景德镇出差时买回来的那个花瓶？她又会什么样的方式，迎接我回家呢？

冯先生就这样到了家。

会说话的蚂蚁

老婆却没有迎接的意思,那束鲜艳的玫瑰,则正歪斜着身子,无精打采地站立在客厅墙角的那个垃圾桶中。

这花为什么……冯先生说。

我不要这花,因为我不是你的情人。老婆说。

我是你的爱人。老婆又说。

情人不就是爱人么?冯先生说。

情人就是爱人?情人是爱人的敌人!老婆说。

情人是玩的,叫玩情人。老婆又说。

然后,老婆还说了许许多多的话,一直说到眼睛里泪水涟涟,一直说到一头倒在床上闷声不响……

这当然叫原本兴高采烈的冯先生很是伤心,十分的伤心,非常的伤心。

"寂寞的鸟"与"孤独的鱼"

在现实的生活中,他和她简直就是水火不容的仇人;而在虚拟的网络里,他和她却是热火朝天的知己。让他和她分别成为"寂寞的鸟"与"孤独的鱼"的原因,又到底是什么呢?

近半年来,左邻右舍、楼上楼下的人,差不多都已习惯了在他们俩吵架的声音里生活。所以,这天晚上快十点钟光景,当听见他们俩又在屋子里一个高门大嗓地呵斥对方"你已经让我受够了"、一个粗声尖气地谴责对方"你根本就不配做我的丈夫"之后,左邻右舍、楼上楼下的人便谁都没当回事儿,只顾继续看着自己的电视,

> 第四辑 别人的聪明

或者是依旧睡着自己的觉。大家以为，过一会儿他们俩便会偃旗息鼓的，就跟往常一样。

但是，这一回，一直到大家的钟表或电视机屏幕右上方的报时处齐刷刷地显示出已到了十二点的时候，他们俩的高门大嗓和粗声尖气，却不仅没有半点要平息下来的意思，而且还奥运会比赛似的越来越高门大嗓和粗声尖气了！于是，随着一声也不知是热水瓶被摔破还是电视机被打碎的脆响传进耳朵，左邻右舍、楼上楼下的人，便再也不能只顾看自己的电视或者是睡自己的觉了——所谓远亲不如近邻，他们俩今晚吵成这样，不过来劝劝，实在是于情于理都说不过去呀！这样想着，大家就纷纷走出了各自的家门。

结果，在好不容易敲开了他们俩的房门后，左邻右舍、楼上楼下的人，便个个一下子差点儿要喊出"救命"来——原来，此时此刻，他们俩正一个手里紧握着一把菜刀，另一个手里高举着一个榔头，脸上都满是杀气呢！

乖乖隆底咚，这不是会出人命的嘛！大家就争先恐后又七嘴八舌地要他们俩先把各自手里的菜刀和榔头放下。"有话好好说嘛。夫妻没有隔夜仇，你俩干吗要弄得跟伊拉克人和美国人之间一样呀！"住他们俩对门的张大妈，还边说边准备上前去"卸"那女主人手中的菜刀。

但那女主人却一点也没有"束手就擒"的意思，只见她边挥舞着手里的菜刀，边大声嚷嚷道："别过来！你们谁都别过来！今晚上我要和他有个了断！"

"我们是得有个了断了，不然我会发疯的！"另一边的男主人也一面大声呼应着，一面用手中的榔头做着不许别人靠近他的姿势。

面对此情此景，张大妈和其他的人就只好打消了想上前去"虎口拔牙"的念头。当然，随他们俩这样下去，又肯定不是个办法——

153

会说话的蚂蚁

这样下去，只有天知道她手里的菜刀和他手里的榔头最终会弄出什么事来呢！

于是，那张大妈在忍不住摇了摇头又叹了口气后，便悄悄转过身去，轻声对旁边一个小伙子说道："阿龙，你还是快去打110吧……"

两个警察很快就到了。

当然，在警察面前，他们俩终于先后放下了各自手里的菜刀和榔头。不过，他们俩心中的怒火和怨气还依然很旺。这不，当警察开口询问他们为什么要这样大吵大闹的时候，他们俩便不约而同地异口同声道："这日子没法过了！"

"你们那日子应该过得不错呀，瞧，家里电脑就有两台，房子也很宽敞，还有这些很够档次的家具……嘿，你们这已算得上是提前进入小康生活了呢。"警察半是严肃半是玩笑地说，说得一旁那些左邻右舍、楼上楼下的人都忍不住笑了起来。

但这时的他们俩却都显出了更大的伤心来，一个说："人不够档次，东西够档次又有什么用！"另一个道："可不是，我宁愿没有这样的房子和家具！"

听话听声，锣鼓听音，至此，两个警察已清楚地知道他们俩原来是都对对方有着很大很多的意见。于是，两个警察一商量，就决定采用一对一的办法，分别了解具体情况并做他们俩的调解工作……

将近一个小时后，两个警察一碰头，便发现他们所了解到的情况几乎一模一样：他们俩一个说自己的丈夫是如何如何的木讷呆滞，而自己在网上结识的另一个男人又是如何如何的善解人意；一个道自己的妻子是怎样怎样的刁蛮无理，而自己在网上的遇到的另一个女人又是怎样怎样的温柔贤淑……

于是，一个警察就忍不住问另一个警察："她有没有说她的网名叫什么？"

"她说她的网名叫'寂寞的鸟'。"另一个警察回答，同时也问："那他呢？他有没有说他的网名叫什么呀？"

"他说他的网名叫'孤独的鱼'。"

这时，两个警察便不由得都笑了起来。然后，两个警察就动手将他们俩家里的那两台电脑搬在了一起，接着要求还余怒未消、余气未除的他们俩分别坐到电脑前，再跟各自在网上认识的那个人见一次面——就这样，既刁蛮无理又温柔贤淑的"寂寞的鸟"，和既木讷呆滞又善解人意的"孤独的鱼"，便终于知道了对方究竟是谁。

没错，原来他就是她的丈夫，她就是他的妻子——不知道网名分别叫作"寂寞的鸟"和"孤独的鱼"的他们俩，现在的情况如何？

一条男狗和一只女猫的故事

一条"男狗"诉说着一个留守女人的哀怨，一只"女猫"见证了一个留守男人的凄苦。当感情只有以动物去作依托的时候，这原本是那样美好的世界已变得何等的悲凉！

爱爱宠物商店的金老板，应该算得上是个见多识广的人了，但这天他所接待的那两个顾客，却是他见所未见又闻所未闻的——

先是上午遇到的那个女顾客。

这位女顾客大约有三十五六岁年纪，虽然长得并不怎么漂亮，但看得出来她的保养条件很是不错，因而多少还是有些风姿的，而且她的穿着打扮也完全是新潮的和一流的。她来店里，是要买一条狗。

得知其来意后，金老板便将昨天才到货的一条纯德国种的卷毛

会说话的蚂蚁

狗介绍给了她，而令金老板十分意外的，是她在看这条狗之前，首先提出的是这样一个问题：它是男的么？

男的？金老板显然没能一下子听明白这个问题。

对，我问你它是不是男的，我要男的！女顾客又强调说。

这回，金老板当然是终于恍然大悟了。他到底是个见多识广的人嘛。不过，在弄明白了这女顾客的意思后，金老板又差点儿要因闻所未闻而忍不住笑出声来：把雄狗叫做"男狗"，这位太太实在是幽默得可以呀……

与这位太太同样幽默得可以的，还有一位也是三十五六岁年纪的先生。

这是在这天的下午。正当金老板余兴未尽地在跟他的店员谈论上午那位买去了那只名叫卷毛的"男狗"的太太时，这位先生进来了。他说他要买一只猫。当然，金老板便立刻停止了那个话题，然后就给这位先生介绍了一只波斯猫。

它是女的么，我要女的！这位先生开门见山地告诉金老板。

金老板这次当然是一下子就听明白了，但他还是觉得有些好笑并感到很是奇怪：上午的那个太太把雄狗说成"男狗"，现在的这位先生将雌猫叫作"女猫"，到底是他俩事先说好了要统一"口径"的，还是这世界已在不知不觉中将人和动物混为一谈了呀？还有，这两个人都是什么人呀？

当然，金老板事实上又并不是太想弄清楚诸如此类的问题。不，对他来说，做得了生意才是最最重要的——真的，今天能那么顺利地（这两个人居然连最常见又最必要的讨价还价都没有）在高价位做成一条卷毛狗和一只波斯猫的买卖，这已经足以叫金老板高兴得忘乎所以了呢，反正是不管"男狗"还是"女猫"，只要有人来买就好！

第四辑　别人的聪明

这一天也就这样成了过去。

但这一天又并没有真的成为过去，因为，后来的后来的一天，在茶余饭后，金老板从别人那儿分别听到了发生在当地的这样两个小故事——一个小故事是：城东有一个三十五六岁年纪的女人，因为她那款爷丈夫在外面养了"二奶"和"三奶"，平时除了每个月给她一笔不算少的生活费之外常连面都不跟她见，所以她就只好去买了一条卷毛狗，一天到晚与这条卷毛狗相依为命……另一个故事则说：城西有一个也是三十五六岁年纪的男人，由于他那在国外留学的妻子已经写信来跟他"拜拜"，并据说她已在国外同一个蓝眼珠的家伙正式结婚，他在叫天天不应喊地地不灵的情况下，便只能进宠物里买来一只波斯猫，平时就和这只波斯猫出双入对……

听罢这两个小故事，金老板先是不由自主地哈哈哈哈大笑了起来，接着，他忽然想起了那天到他的店里来买"男狗"和"女猫"的那两个人，于是他就感到有些笑不大出来了，然后……然后他便摇着头，忍不住叹了一句：唉，真叫作作孽呀！

生活热线

即便是一位应该有着强大内心的"生活热线"的支持人，在情感遭遇无情又残酷的打击的情况下，所谓的冷静与理智，所谓的谅解和宽恕，可能真的会显得如此的脆弱不堪。

萍萍越想越难受，越想越悲哀，泪水就阵雨般地再次涌出了她的眼眶……

会说话的蚂蚁

萍萍是在吃晚饭时得知丈夫有外遇的事的。虽然这是丈夫主动坦白的,而且丈夫还再三强调自己已和那个女人断绝关系,他之所以把这件事说出来,完全是为了表明自己彻底悔改的决心,同时希望能以自己的诚实求得她的谅解和宽恕,但自那时起,萍萍的脑海里却一直只响着这样的一个问题:他为什么要背叛我?!

也就在这时,萍萍眼前的那部电话骤然丁零零响了起来。

萍萍于是就本能地伸过手去提起了电话听筒。

身为电台晚间九点档的"生活热线"节目主持人,在这个时候接电话并回答打来电话的人的各种各样的问题,是萍萍的职责。萍萍早熟悉了也习惯了这份工作。当然,这一回,在提起了那电话听筒后,萍萍又不禁有些后悔:我还能像以往那样地回答好别人的问题么?而在听到电话那头的妇人急不可待地提出"我丈夫有了外遇,我该怎么办"之后,萍萍便在不由自主地一怔又一愣的同时,更感到了一种诚惶诚恐:那人与自己原来同为"天涯沦落人"!我该如何回答她的提问是好呢?

萍萍便只差一点儿要把那电话给搁掉。

但或许依旧是职业本能在起作用吧,萍萍最终还是努力地平静了自己,然后回答对方道:您能先说说有关的具体情况么?

好吧……

对方就说了起来。令萍萍惊诧不已的,是对方的情况居然与自己的境遇一模一样——事情也是丈夫主动坦白出来的;她丈夫也再三强调自己已跟那个女人断绝关系;她丈夫主动坦白问题,也是为了表明自己那彻底悔改的决心,并希望能以自己的诚实求得妻子的谅解和宽恕……

那时候,萍萍简直要怀疑这打电话的人会不会是另一个自己了。

当然,萍萍并没有忘记自己此刻的角色是"生活热线"节目的主持人，而不是别的。所以，在更努力地使自己平静了下来之后，萍萍就以她先前常用的那种曾让很多很多的人听着觉得那样的知心又那样的真诚的语调和语句，告诉对方道：我想，您现在需要想清楚这样两个问题：一、您是不是相信自己的丈夫？二、您能不能谅解和宽恕自己的丈夫？如果您相信自己的丈夫，又能谅解和宽恕他，那您就该忘掉已过去的一切，一如既往地对待自己的丈夫；而要是您想谅解和宽恕自己的丈夫，又不怎么相信他真的会跟那个第三者女人断绝关系，您便可以多方面地去做些了解和调查，以便做出最后的决定；至于倘若您既不相信自己的丈夫又不想谅解和宽恕他，那么，您不妨果断地选择与他分手的办法，当然，应该是平心静气地分手……总之，您要做到冷静、理智，我也相信您是能冷静又理智地处理好自己所面临的问题的……

萍萍就越说越流利越说越角色化了。而在听了萍萍的这席话后，对方也似乎终于从一开始时的那种急切中沉静了下来，于是，向萍萍道了声"非常感谢您的指点"后，对方便将电话挂了。

只是，放下了电话听筒的萍萍，在为自己好不容易又完成了一份工作而忍不住深深地松了一口气之后，泪水却又阵雨般的一下涌出了她的眼眶。

萍萍又想到了自己。换句话说，她又从"生活热线"节目主持人的角色上，退回到了自己的生活现实之中。而且，这一回，那个"他为什么要背叛我"的问题，已不仅仅响在她的脑海里，还似乎在她所在的整个播音室中回荡着，而且是那样的强烈，那样的刺耳，叫她难受和悲哀得坐立不安……

终于，萍萍便双手掩面，一阵风似的冲出了自己的播音室……

接到萍萍从广电大厦跳楼身亡的消息时，萍萍的丈夫正以既羞愧又感动的心情在家里等待着萍萍的下班归来。此后，抱着萍萍那

会说话的蚂蚁

血肉模糊又余温尚存的尸体,丈夫在一迭声地哭叫"是我害死了你呀"的同时,还不住地喃喃着:你不是知道该冷静又理智地处理这件事的么?退一万步说,你就是不相信我,也不愿谅解和宽恕我,那你也该平心静气地跟我分手才是呀,为什么你会做出这种选择呢……

原来,萍萍先前所接到的那个电话,其实是她丈夫特意花钱请一个陌生的女人打的。因为他很想知道萍萍究竟会怎么处置"投案自首"的自己,而且,通过那个电话,他还以为经由那提"生活热线",已找到了至少不会像眼前的事实那样悲哀的问题的答案。

明天我依然爱你

在已经是难以挽回的分手时刻,内心深处的这一声"明天我依然爱你",进一步说明了缘自真诚的爱情确实是那样的美好和那样的刻骨铭心。

难道真的就这样结束了么?

与你分手的那个晚上,如空气般始终将我包裹并将我占有的,便只有这样一个问题。

透过浓重的夜色并带着这夜色一样浓重的失落,我不禁想起了你我最初的那次见面。

那是个多么意外又实在很是合理、多么热闹又显得那样幽静的夜晚。本来,我是毫无去看那场电影的计划和打算的。我去电影院那儿的广场,只是想让自己那刚降临不久的青春去感受一下那儿的色彩、气氛和情调。

第四辑　别人的聪明

　　于是我遇上了你。说得更具体和准确点，是你的声音诱使我发现了你。

　　那时候，你正在向那退票人据理力争，表明你只是一个人，因而并无非要将他那两张退票一同买下不可的必要和义务。没错，你说的是很有道理的。但这退票人也实在是太不近情理了。他说假如你咬定只要一张他就宁愿不卖。当时，说句心里话，我首先注意的，倒并不是你是个如此漂亮的女孩。我只是隐约又分明地感觉到你是极希望看上那场电影的。这同时，对那个实在是太不近情理了的退票人的所作所为，我又真的是很难看得入眼也很难不产生不满甚至是愤怒的情绪了。因此，我几乎是不假思索地便上去脱口说了声另一张票我要。真的，我是在自己的那句话说出口之后，才仔细地看了你一眼的。而且，老实说，我当时是因为内心有一种突如其来的惊慌才去看你的，我忽然想到了我是个男孩而你是个女孩，所以，你会不会认为我的出现或者说是我的给你解围，实际上是黄鼠狼给鸡拜年不安好心呢？甚至，你会不会因此做作出不再去看那场你心里一定是很想去看的电影的决定呢？

　　但事实证明我的那种惊慌也完全出自跟那个退票人一样的小肚鸡肠。你显然没有半点那方面的设想和提防。你的浑身上下洋溢出的都是那种清纯和善良。你丝毫没有世俗的顾虑或心计，我看到，在终于将那张退票拿到手之后，你只顾着极为真诚大方地朝我嫣然一笑，并极为轻柔又极为动听地对我说了声谢谢。

　　就这样，我那刚降临不久的青春，便骤然拥有了属于自己的色彩、气氛和情调。是的，那场电影，我是不想看也非去看不可了。当然，接着，在电影院里，相挨而坐的你我开始交谈，便似乎是件天经地义的事情了。而这之后，我们从将各自的姓名及住址等等告诉对方，到一起去不再是电影院的地方也那么相挨而坐，似乎也就显得那样

会说话的蚂蚁

的顺理成章了……

哦，你知道吗？有了你的日子，我过得是那么的快乐和充实！每当想起你的时候，我总是那样的激动和喜悦！而那天晚上，当我在城市的霓虹灯里向你诉说完我爱你之后，你可知道，我那种心跳的感觉曾持续了多长的时间，又曾扩展了多大的空间……

然而，我也非常清楚，你终于向我提出来分手是有道理的，而且那理由还是很充分和很实际的。真的，你我的兴趣爱好和性格走向都有着很大的距离。这实际上从我们相识的那一刻起便已经很是分明地显示出来了。不是吗？你当时是真心诚意地要看那场电影的，而我只是……是啊，我们走到一起毕竟纯粹是一种偶然。那么，我们最终的分道扬镳，也就应该是一种必然了。再说，感情本来就是一种无规则的，甚至也可能是莫名其妙的，而且或许还会是喜新厌旧的，因此是决不可以迁就或强求或勉为其难的体验和经历。所以，当你觉得你我应该分手的时候，我知道我们还是挥挥手，说句珍重，道声祝福吧！

是的，我们之间真的就这样结束了。

不过，此时此刻，面对那已近阑珊的夜色，在我已经得到了先前那个问题的明确答案之后，一个新的问题却又同样如空气般的将我包裹并将我占有着了，这便是：明天——明天我可以依然爱你吗？

因为，尽管我知道你事实上已经无法挽回地跟我分手，但我却忽然发觉，当初你用你那绝不沾染世俗的顾虑与心计的清纯和善良，对我那种有可能是出自内心深处隐藏着的不良意图的惊慌的否定和解救，是关于生命和人生当然也包括爱的一个多么美丽又多么悠远的启示，而你当时那极为真诚大方的嫣然一笑和极为轻柔又极为动听的一声谢谢，将是我这一生一世中永远都不能够也不允许忘记的最真切又最深切的记忆……

第四辑 别人的聪明

是的，明天——明天我将依然爱你！

纸老虎

这无疑是一个所谓"妻管严"的故事，这当然还是一个确实很有些好笑的故事。不过，那好笑中其实还存在着一种需要你去仔细体味的可爱。

"告诉你，我以前一直不声不响逆来顺受，绝不是因为我怕你！所谓大丈夫能屈能伸呢。但我的忍耐毕竟是有限度的。我决不允许你再这样高高在上耀武扬威下去了！"

听了这一阵高门大嗓又正气凛然的斥责声，左邻右舍们一时间都有些怀疑是自己的耳朵出了毛病，于是大家便纷纷虚开了自家的门，从那儿探出头来直朝302室眨巴着眼睛。

302室的门紧闭着。

但这紧闭的门并不能关住里面那高门大嗓又正气凛然的斥责声："哼，你也不睁大自己的眼睛瞧瞧，我到底是个男人呐！再说，我的长相并不比你差，我的收入并不比你少，我在单位里的地位也并不比你低，究竟凭什么在家里总是你说了算，还总拿我当奴才使唤和出气？！"

这回，左邻右舍们是不能不彻底清除对自己的耳朵的怀疑了，因为大家都真真切切地听清楚了从302室里传出来的是阮先生的声音。只是，与此同时，大家又都觉得实在是太意外也实在是太不可思议了：那阮先生怎么会一下子脱胎换骨般的像变了一个人呢？莫

163

会说话的蚂蚁

不是太阳要从西边出来了?

原来,这302室中住着的是一对夫妻,丈夫姓阮,妻子姓殷。左邻右舍们印象最深的,是自从这对夫妻搬来后,他们家的门缝里便隔三岔五总会冲出来震耳欲聋的斥责声,而那斥责声又历来都是殷女士的尖嗓门。也就是说,大家的记忆里始终只有阮先生挨斥责的份呢。

不过,在这个礼拜天,尽管太阳并没有从西边出来,可那阮先生已经扬眉吐气看来是千真万确的事实了。这不,这时候的阮先生还在继续用他那高门大嗓又正气凛然的声音斥责着他的老婆呢:"你给我好好听着,从今往后,要是你再敢为所欲为,我准保有好果子给你吃,而且会叫你吃不了兜着走!"

接着,好像是在喝了一口茶或者是抽了一口烟后,阮先生那高门大嗓又正气凛然的声音便再次直冲左邻右舍们的耳膜而来:"咦,你今儿个怎么做起缩头乌龟来了呀?你往日的那股子神气劲呢?你要是有屁就放嘛!哼,其实我早看出来了,你这只表面上是不可一世的雌老虎,实际上就跟当年毛主席他老人家所说的美帝国主义一样,不过是只纸老虎罢了……"

听到这里,左邻右舍们一下子都忍不住掩起嘴吃吃地笑了起来,为阮先生那痛快淋漓又妙趣横生的翻身当家做主人。这同时,大家还都显得很有些感动和激动:哦,真没想到一直来都是忍气吞声的阮先生还有着如此这般的大无畏气概呢!咳,要是阮先生能早日将他的这种男子汉大丈夫气概表现出来,这么多日子来我们的耳根也就可清净不少呢!

很显然,阮先生已成功地改变了自己在左邻右舍们心目中的形象。当然,左邻右舍们的心目中也毕竟还有些不解和疑惑:也真是怪呀,那向来都是呼风唤雨一手遮天的殷女士,到底是因为什么便

第四辑　别人的聪明

一下子放下屠刀立地成佛了呢？

这样想着，左邻右舍们就不约而同地闪出各自的家门，无声无息地聚到了302室的门前，想进一步探听些虚实。

就在这时，有个陌生的女人也来到了302室的门前，见这儿聚着许多人，她不禁悄声问道："殷翠花家是这儿么？"在得到大家肯定地点头后，她又继续打听道："不知道殷翠花的老公在不在家？殷翠花说她今天加班吃力死了，所以让先下班的我来告诉她老公，要他先给她把洗澡的水烧好，再……"

什么，原来阮先生的老婆今天在单位加班呀？！

听了那陌生女人的话，左邻右舍们先是大眼瞪小眼地相互对视了一阵，然后便边嘻嘻嘻呵呵呵笑着，边闪回进各自的家，同时都掩上了各自那原本虚开的门。

担　心

一个原本和睦美满的家庭，就因为那"担心"而这样解体了。所以，无论面对的是谁，在你免不了会有这样那样的"担心"的时候，你更必须记住的一个词是：信任。

阿明和阿芳是一对左邻右舍都忍不住要跷起大拇指夸他们关系和睦美满的夫妻。

有一次，阿明和阿芳温存完后，正准备悄悄地说些情话，忽然传来了隔壁那对夫妻吵架的声音，于是，他们的话题也就转了过去——

会说话的蚂蚁

"像他们这样过日子,也真叫累呀!"阿明说。

"是啊,三天两头不是打就是骂,在一起还有啥意思嘛!"阿芳说。

"那男的脾气也太坏了,有话应该好好说才对呢。"阿明又说。

"可不是,听说只要那女的一提起抽烟两字,他便会吹胡子瞪眼。唉,其实她是担心他抽烟多了会伤身体呀。"阿芳这么说着,还同情地叹了口气。

这时,阿明忽然又将话题接回到了他们自己身上,他笑眯眯地问阿芳道:"对啦,你对我有啥担心的呀?"

"我?我对你当然也有担心呀,我就担心你有一天会走花路,会去外面跟别的女人乱搞呢,嘻嘻……"

就这样,阿芳便在又"嘻嘻"一会后,在阿明的怀里甜甜地睡着了。也就是说,阿芳对阿明其实是什么担心都没有的呢。

不过,冷静下来后的阿明,却是突然一点也没有了睡意。他在细想阿芳刚才说的那句话,她为什么要这么说呢?她这样说,是不是表明她心里实际上对我有着不信任呢?

于是,阿明的意识中也就不禁有点"那个"了。这以后,每当与阿芳温存时,也说不清是为什么,阿明便便总会情不自禁地要想起她说过的担心他会去跟别的女人乱搞的话来……

这样,阿明和阿芳温存的数量和质量,也就一次比一次下降了。

这样,在过了并不怎么长的一段时间后,阿明还真的是跟一个别的女人好上了。

自然是没有不透风的墙。一天,阿芳终于发现了阿明的私情。为此,阿芳气得一下都有些说不出话来了:"你……"

"你什么呀?你不是早就在怀疑我了么?怎么样,事实证明你确实是够英明的吧!"阿明却有些不以为然。

第四辑　别人的聪明

阿明甚至还觉得是自己胜利了，那是一种报复了妻子的怀疑后的胜利。

但阿芳显然早已不记得自己说过的那句话了，那可只是一句玩笑话呀。是的，面对现实，阿芳只觉得已忍无可忍，就下定决心，咬紧了嘴唇拉着阿明去了法院……

这时，隔壁那对为了一件鸡毛蒜皮的小事原本又准备要吵起来了的夫妻，便觉得很是不可思议地忍不住这样议论道："咦，人人称赞为和睦美满的他们，怎么会是这样的一个结局呀？"

回　首

无论如何，我们还是都尽可能不要在所谓再回首的时候，也不要在所谓幽幽暗暗反反复复的追问中，才知道平平淡淡从从容容最是真吧。

这是他俩离婚快一年时间后的第一次相遇。

在从熙来攘往的人群中见到对方的一刹那间，他曾起过赶快躲开的念头，她也有过尽量回避的想法。

但他俩最终还是站成了面对面。

只是，两人一时都不知说什么是好。

于是便你沉我默，不无尴尬。

终于，就如当初是她先提出来的离婚一样，在再三犹豫又犹豫再三后，她便再主动了一回——她问他：你，好吗？

我……或许是不期而遇的缘故，也可能是没料到她会这样提问

会说话的蚂蚁

的原因，他开口竟显得有些结结巴巴。

不过，在有意无意地多看了她一眼之后，他的语气很快就又变得顺畅了，说：我？我当然很好呀。这不，我正要去商业大厦买结婚用的东西呢。哦，差点忘记告诉你了，我和她是半年前认识的。我们俩很说得来。她长得也不错。

听了他的话，她那长长的睫毛便明显地先往下眨了眨，后又朝上扬了扬，接着，不等他发问，她便告诉他说：哦，我也一样。所不同的，是我的婚事早已经筹备完毕，只等着在三天后举行婚礼了。对啦，我们的婚礼将在沙龙宾馆举行。

沙龙宾馆是当地最高档的宾馆。她跟他说完这些时，长长的睫毛先是朝上扬了扬，后又往下眨下眨。

至此，大概是因为觉得该说的都已经说完，再也没别的话可说了，他俩就在又沉默了一阵后，你不无得意地显了显笑的表情，我满是轻松地露了露喜悦的神气，尔后都显得很是吝啬地连再见也不道一声，便同时各走各的阳关道了。

然而，在各自都朝前走了没几步后，相背而行的他俩，又如忽然听见什么口令似的，竟在同一时刻一齐往后转过了头来，而且，当那两道事实上已离得不近的目光对到一起时，竟碰出了某种专供他俩听到的声响，迸出了某种唯有他俩见到的光亮！

于是，这回，似是江河决堤，他便怎么也没法控制住自己的情感，就转过了身，一阵风似的奔到她的面前，并一把紧拉住她的双手，同时又显得有些结结巴巴地开口对她说道：我们，都不要，自欺欺人了！我们，复婚吧⋯⋯

在那个窗外有着皎洁月光的夜晚，送走前来真诚又热烈地祝贺他俩破镜重圆的亲朋好友之后，她紧拉着他的手，不禁再次问他：这近一年来，你，好吗？

听了她的问话，他就一边将力量全部集中到自己的手上，使劲地摇着她的双手，一边拨浪鼓似的摇着自己的头回答道：不好，一点都不好，实在是太不好了，因为，我天天都在恨自己——恨自己那时居然连半个不字也不肯说，就跟你去了法院。

我也是。所不同的，是我好后悔——后悔自己当初的头脑比大跃进还热……

此刻已近子夜，世界静得异常美丽。

女同事的魅力

女同事或许确实会有无穷的魅力。不过，要是你能心甘情愿去做那样的一个"小傻瓜"，那么，你也就拥有了那样一道不仅很紧还很美的"篱笆"。爱才是最大最强的魅力。

"我办公室里新来一个人，是女的。"这天晚上躺下后，丈夫像是突然想起来似的，这样告诉妻子道。听了丈夫这句话，原本已经安安定定地闭上了眼睛的妻子，便仿佛被打了一针强心针，怎么也睡不着了……

他俩结婚已有近三年的时间。跟大多数的夫妻一样，他俩过的是那种不温不火的日子。

当然，在谈恋爱的时候，他俩可不是这样的。那时候，特别是她，不仅长得漂亮，还热烈得跟火一样，常常会亲热得叫他招架不住呢。想起这些，她有时候也会觉得现在的自己真有点对不起丈夫。但这又有什么办法呢？生活都让锅碗瓢盆和那些鸡毛蒜皮的事情给一网

会说话的蚂蚁

打尽了，哪还有那份闲情逸致呀！

本来，他俩的日子是肯定会继续这样不咸不淡地过下去的。可现在情况起了变化。自从听了丈夫说的那句话之后，妻子就不能不多了一个心眼——他办公室里来了个女人！也就是说，他们将低头不见抬头见，这样，天长日久的，要是……妻子都有些不敢想下去了。她觉得很可怕。这同时，所谓"心动不如行动"，妻子便决定在暗中把丈夫给好好地监视起来，以防止那种自己不愿看到的后果出现。

不过，在连续多天细心又徒劳地察看丈夫的神色、翻查丈夫的拎包、检验丈夫的内衣内裤之后，妻子又发觉这样的做法实在是太被动了。不行，要防止丈夫被他办公室里的那个女人迷住，最有效的办法，应该是要使丈夫有那种"免疫能力"，使那女人的魅力（假如她有魅力）失效。可不是，常言道，篱笆扎得紧，野狗钻不进。我只有将那"篱笆"给扎扎实实地先扎起来，那才叫主动，也才有可能使丈夫不起花心呀。

于是，在经过一番左思右想之后，妻子便忽然像回到了恋爱那阵子似的，对丈夫又火一样的热了起来——她又爱打扮自己了；在家里，她总是朝丈夫"亲爱的"、"亲爱的"叫个不停；节假日，她常有说有笑地挽了丈夫的胳臂去丈夫想去的地方……当然，到了晚上，她再也不会一躺下就只顾自己呼呼地睡，或者是一个劲地喊累了。"我相信我长得决不会比别的女人差！我也相信，有我用我的温情扎起来的那道'篱笆'，丈夫那颗心，就一定是谁都偷不了、夺不走的！"她不止一次地自己跟自己这样说道。

就这样，时间过了一天又一天。

这天是星期一。不知怎的，已经感冒了两天的丈夫，不仅那烧没退下去，还越来越高了。丈夫当然是不能去上班了。但他上星期没写完的一份材料今天必须完成，所以，丈夫便硬撑着身子起了床，要去办公室拿那份没写完的材料。

"不，还是我去给你拿吧。"妻子一边怜惜地给丈夫身上又披上一件大衣，还柔柔地摸了摸丈夫的额头，一边就不由丈夫分说，拿起他办公室的钥匙出了门。

妻子当然是知道丈夫在哪里办公的。说句心里话，她还很想借这个机会，去瞧瞧丈夫办公室里的那个女人长什么模样呢。不过，开门走进丈夫的办公室后，她又不由得站在原地，整整愣了差不多有一分钟的时间，因为，丈夫的办公室里只有一张办公桌！

"你不是说过你办公室里还有一个人的么？我怎么只见着一张办公桌呢？她是什么时候搬走的呀？"回到家里，妻子一边把那材料交给丈夫，一边忍不住这样问他道。

"哦，重要的应该不是我办公室里是不是还有别的人，或者是这人是不是搬走了，而是我家那个小傻瓜，因此又变得非常非常的可爱了吧？"

丈夫微笑着望着她，这样回答。听了他的这番话，她自然很快便恍然大悟了，于是，她就先是装作生气的样子给了丈夫一个白眼，紧接着，只见她像一阵风一样，一下扑进了丈夫的怀抱，同时用嘴唇"叭叭叭"地将丈夫的脸"敲"个不停……

近水楼台

近水楼台之所以能先得月，还真不是因为它的"近"，而是由于她的"既自信又相信别人，既自重又尊重他人"。

几天来，阿玲一直显得闷闷不乐，甚至还有些魂不守舍。

事出当然有因——阿玲得知阿亮的办公室里新来了一个名叫阿珍的女孩。

阿玲正跟阿亮谈着恋爱，只是关系尚未敲定：阿亮还没正式向阿玲求婚。

因此，多愁善感的阿玲便有些担心那名叫阿珍的女孩会将阿亮从她手中夺走。

要知道，阿亮实在算得上是个打着灯笼也难找到的好男孩，这样的好男孩毫无疑问是"抢手货"，而阿珍则显然处于近水楼台的优势呢。

于是，阿玲就在进一步强化与阿亮的联络的同时，到处搜集着有关阿珍的"情报"——譬如她的长相啦，譬如她的家庭背景啦，譬如她进入那个办公室后跟阿亮的接触情况啦，等等等等。

古人云：知己知彼，百战不殆。阿玲这是希望能把阿珍的底摸个一清二楚，以利于挫败这个可能的情敌的种种可能的企图。

然而，已经进行的那种类似于"克格勃"的工作的结果，却使阿玲更伤脑筋——尽管获得的材料实在不少，可那些材料竟是相互矛盾的：有的说阿珍长得极为丑陋，也有的说她相貌十分漂亮；有的讲阿珍的家庭背景等于零，也有的讲她甚至在市委常委中都有亲戚；有的称阿珍这些天根本没与阿亮搭过话，也有的称她自进了那个办公室的第一天起便已跟阿亮眉来眼去了……

嗨！到底真实情况是怎样的呢？我需要的是真实，特别是她长相方面的真实，也只有知道了真实，我才能"对症下药"呢！

思来想去，阿玲觉得该亲自出马去打探虚实才是。

于是，又一番思来想去后，阿玲便在这天下班时出现在了阿亮他们的办公室的门口。

本来，阿玲是为此次"实地刺探军情"准备好了借口的：要是一直强调单位规定不能随便去办公室找人的阿亮问她为何不听他的告诫，她就谎称自己正好来此为自己所在单位联系公务，所以只是顺便跟他一同下班回家而已。不过，在一眼就看见并看清了那个名叫阿珍的女孩的模样后，阿玲又干脆将那借口一下抛到了九霄云外，她索性就当着阿珍的面挽起了阿亮的胳膊，同时亲昵又响亮地对阿亮道：我听说电影院今晚要上演一部美国大片，走，咱们看电影去！

原来，那阿珍长得虽不算丑陋，但至少跟她阿玲相比要差上个一千八百里呢。

阿玲便忍不住暗笑起了自己先前的担心来：她显然不是我的对手，我那完全叫作自寻烦恼，或者说是在瞎子点灯——白费蜡嘛！

阿玲的心病就这样彻底消除了。

此后，跟阿亮在一起的时候，阿玲还常常要有意无意地提起阿珍，她相信，有阿珍作"参照物"或"陪衬人"，阿亮是一定会早日下定正式向自己求婚的决心的。

可是，这天吃罢晚饭，当阿玲打电话给阿亮，想约他一起去梦幻歌舞厅跳舞时，电话那头的阿亮却这样回答她说：对不起，我今晚正好有事。

会说话的蚂蚁

有啥大不了的事嘛。

今晚我要跟阿珍一起去看电影。

跟她？为什么？

哦，对啦，我忘记告诉你了，我跟阿珍已经订婚了。

什么……你！你说，她除了跟你坐对面外，到底哪样比我强？

没错，她没你漂亮，家境也很一般，但她既自信又相信别人，既自重又尊重他人……阿亮说。

标准答案

我们也必须相信"应该是有关于爱人的选择的标准答案的"，所以，对于松的那种苦恼或者是坚持甚至是固执，我们都有理解并认同的充分理由。

最近这段日子里，松总是一天到晚紧皱着眉头哭丧着脸，他还常跟他的哥们这么嘀咕：我苦恼我真是太苦恼了！我差点儿就想去上吊或者是去躺铁轨呢……

但听了松的话，哥们却个个忍不住要这么说他：你小子装什么疯弄什么傻呀！你要是怕被蜜糖淹死就分一点给咱嘛！

原来，松的苦恼之源其实是一种甜蜜——也不知这家伙是哪辈子积下的艳福和桃花运，单位里最令人神魂颠倒并垂涎欲滴的兰、菊、梅三大美女，居然都看上了他，并正相互较着劲,在轮番(有时是同时)对他进行统一代号为"我爱你"的狂轰滥炸，因而便弄得他无所适从，不知道究竟该向哪一位敞开胸怀是好呢！

第四辑 别人的聪明

当然，用哥们的话来说，这根本就不是个问题，而且即使算它是个难题，也实在是太容易解决了：闭上眼睛拉个就是，反正那三个人都算得上是貂婵再世西施第二，谁也不比谁差嘛！或者干脆就先来个逐一"验明正身"，每只"梨子"都"尝"一下，哪只味道最清新爽口，就择优录取哪只嘛！

但是，松却说我不能那么做。他说我既要对得起自己也要对得起她们。他又说我一定要郑重其事地选择。他还说我相信这样的难题是应该有标准答案的。

这以后，为了寻找那"标准答案"，经过又是好几天的"差点儿想去上吊或者是去躺铁轨"的苦恼的松，便在一天傍晚将兰、菊、梅三人同时约到公园里，然后如实告诉她们：我实在不知道到底应该选择你们中的哪一位，我现在要听听你们的意见，希望你们能分别将我应该选择你的理由说给我听听，我想，这对我最终作出决定肯定是有非常重要的意义的。接着，松就跟她们约定：三天之内，请把各自的理由写在纸上给我，三天后的同一时间同一地点我们再见面，那时候我会宣布……

就这样，三天时间很快便过去了。这天，在老地方会合后，兰、菊、梅心里几乎都有着必胜的把握。面对着良辰美景，她们还都在这么想：下回来这儿时，该只有我和我的如意郎君了呢！

这时，在给每人分送了一只"冷狗"之后，松便缓缓地开了口：我首先要对兰小姐说声抱歉。你把自己说得完美无缺，似乎是自视太高了。要知道山外有山天外有天呵！

兰那刚咬了一口"冷狗"的嘴巴就怎么也合不拢了，像是被那"冷狗"冻僵了。

松接着又说：菊小姐，我也要对你说声对不起。你用贬低别人的方法来抬高自己，虽是情有可原，但终究于理不容不是？

会说话的蚂蚁

菊听了,"冷狗"就一下子成了热狗,并烫得她再也拿不住,终于跌落在了草坪上。

于是,剩下的梅就在这夏天的黄昏灿然开放了——梅知道自己已获得"出线权"。她满脸都是幸福的光芒。她真想当着那两个失败的情敌的面,一下扑进松的怀抱!

然而,松却转过头来这样对她说道:梅小姐,我承认你那"我不想把自己说得怎样的好,也不想把别人说得怎样的差,我宁愿退出竞争,并以此来表明我对你的爱"确实曾让我怦然心动过。你的理由很有新意。但我又感到非常遗憾。因为,实际上,你这难道不是缺乏自信心的表现么?

这样,这夏天里的梅到底也蔫了。那"冷狗"冷得梅的脸雪白雪白……

也不知过了多少时间,同样失望同样伤心的兰、菊、梅,突然结成了统一战线,她们异口同声又不无羞恼地这样问松:那么,你要的理由究竟是什么呢?你倒是说说你的标准答案呀!

听了她们的话,松低头看了看草坪,又举首望了望天空,然后这么回答道:老实说,我也还没有标准答案。但你们的理由反正又都不是我想要的标准答案。真的,我相信应该是有关于爱人的选择的标准答案的……

事后,哥们便都血红着眼睛破口大骂松是天底下最最大的傻瓜!可松却一口咬定自己并不傻。当然,他还是显得十分的苦恼。他说:我——我一定要找到那标准答案!

第四辑　别人的聪明

无情的情书

如果你只会去写那些无情的情书，那么，你最终也就只有又只能带着悔之已晚的心情，去骂自己"你这混蛋，你这傻瓜，你这……"了。

我觉得自己再也无法继续单相思下去了。这样下去我肯定会发疯的。而且我也应该并必须让瑶知道"我爱你有多深"了！

为此，我曾有过这样的设想：在某一天的早晨或黄昏，我手捧一束鲜艳的玫瑰走到瑶的面前，然后，不管旁边是不是有人，我就大声又真诚地告诉她："我爱你！"

不过，这一设想最终还是被我自己否决了。这是不是太浪漫了点？再说，这样做了以后，要是瑶不接受，我又如何下台是好呢？

思来想去，我发现自己向瑶"进攻"的武器只有一件：写情书。对，把那"明明白白我的心"字字情句句意地变成白纸黑字，以此去震撼她，感化她，俘虏她！

主意已定，我便立即着手实施——那天下班回到家里，我对母亲说了声"我有事，别打扰我"，就把自己关进小房间里，然后铺开纸，拔出笔……

几乎还不到在校读书时写一篇作文用的一半时间，我生平的第一封情书便完稿了。写起来也真是太顺手了。想想也是的，读书时写作文，是按着老师的题目照着老师的要求硬写的，自然就要挖空心思无病呻吟胡编乱造，这样当然也就会费心又费时了，而如今这"作

会说话的蚂蚁

文",写的全是自己的真情实感,怎么想的就怎么写,当然是下笔如有神啦!

我很是得意也很是激动。我甚至都已经想好了,这封情书的底稿我一定要好好保存,将来,我可拿它给自己的儿子或女儿讲"我和你妈妈"的故事呢!

情不自禁,我索性就忘乎所以地朗读起自己的"杰作"来了。但读着读着,我忽然读出了一个问题:这东西真则真矣,实则实矣,可它似乎一点也不像自己曾经看过的那本《中外情书精粹》中的"作品"那样的美丽。不是说美是最能打动人的么?我那么要死要活地暗恋着瑶,不也就是因为她长得美么?而这无美可言的情书,能震撼瑶,感化瑶,俘虏瑶么?

想到这里,我不禁心头一怔。骇,差点儿一失手成千古恨呢。也幸亏发现问题及时,现在显然也还来得及弥补!

于是,我决定对那封情书作精加工细修改。房间外,母亲在喊"吃饭啦",我只回答了声"我不饿",便又重新铺开纸,拔出笔……

说是加工修改,实际上我这回是在重起炉灶。美是前提是原则。为达到这一目标,我先是去床底下找出来那本《中外情书精粹》,然后就这儿一句那儿一段,将书中最美丽的语言都排列组合在了一起……当我再次朗读起我的这封情书来的时候,我的声音是一浪高过一浪,惹得外面的母亲一个劲地敲我的房门,并一个劲地问我:"你怎么啦?你在做啥呀?"

第二天,经邮局的中转,我那封让我呕心沥血了整整一个晚上的情书,便到了瑶的手中。而且,仅仅二十四小时之后,我就收到了瑶的回信。那时候,我可真有些不忍心去拆瑶的那封信。瞧着信封上那一笔一划工工整整又端庄娟秀、实实在在是字如其人的笔迹,我有百分之百的把握,肯定瑶的芳心已是非我莫属了!

果然，瑶的信的开头第一句便是："你的信写得很美丽。"哈哈，你的美丽也只有以美丽才能征服得了的呀！

不过，读下去，我却再也"哈哈"不出来了："只可惜那是封无情的情书。如果要说里面并非真的无情，那么，里面所有的情也只属于张三对李四，而不是你对我的。不是吗，你能否认所有那些美丽的词句都不是别人的么？所以……"

我没有等把瑶的信看完。我知道我已经不用再看下去了。我也终于明白自己是聪明反被聪明误了。因此，我不禁一把抓住自己的头发，如面对着我最恨最恨的人一般地骂起来："你这混蛋，你这傻瓜，你这……"

我不知道我会不会因此发疯。

嫚子的故事

不管是先前那种微笑的姿态，还是后来那样的踌躇满志与自得自豪，嫚子的故事中其实更多的是一种悲哀，由金钱和欲望所酿造的悲哀。

嫚子一点也不否认自己嫁给年纪大她整整二十五岁（那时候她24岁，他却已经49岁）、文化则足足低了她四个层次（她是大学本科毕业生，他只有小学程度）的海福，是因为海福有钱——人们早精辟地总结过了，虽然金钱不是万能的，但没有金钱却是万万不能的呢。嫚子如是说。

事实上，嫚子所说的和所做的，也是"形势逼人"所致。当初，

会说话的蚂蚁

从大学校园出来的嫚子，虽因其学业档案里有着不少"优良"的记录而几乎没费什么心思便被一家机关要了去，可那是个清水衙门，每月的收入只能保证嫚子的基本生活无忧，而作为一个天生就好唱歌、爱跳舞又情有可原地喜欢穿着打扮的女孩，后面这一系列的开支，便只能成为嫚子个人的"财政赤字"了。

也就是在这样的背景下，财大气粗的海福进入了嫚子的生活。

说句心里话，在与海福一道去婚姻登记所之前，嫚子是经过了好一番的思想斗争的——他的年纪毕竟比自己大了整整二十五岁呢，他的文化到底比自己低了很多很多呀……而最最现实也最最迫切的，又大概便是自己正面临着的、其严重程度不会亚于当年的东南亚金融危机的个人财政赤字的压力了！

于是，咬了咬牙后，嫚子就毅然决然地以微笑的姿态投进了海福的怀抱。

此后的许许多多的日子里，嫚子始终保持着那种微笑的姿态，而且还一天比一天由衷。因为，自成为海福的太太后，嫚子所过的，可真的是天堂一般的日子——她再也不用去上那些时常会被挑剔的领导检查、要受好事的同事监督的班了，更再也不用为因囊中羞涩所以买不到某件内心里十二分中意的时装而长吁短叹了……如今的嫚子，从头到脚、自里而外都被不折不扣的名牌（不少还是她先前连想都不敢想的名牌）武装了起来。而在随丈夫海福出席的那些灯红酒绿的"派对"上，嫚子那甜润的歌喉、柔曼的舞步，更是常常会引来阵阵能令她感到十分的自豪与满足的喝彩……

我该知足了。我算得上是这个世界上最幸福的女人了！嫚子就时常情不自禁地这样告诉自己。

然而，人真是种奇怪的动物，虽然嫚子的生活中几乎时刻洋溢着毫无虚假味道的满足感和幸福感，但渐渐地，或许是丈夫海福因

第四辑 别人的聪明

忙于生意而时常不在自己身边的缘故,也可能是自己所居住的那幢丈夫临出门时总要给反锁上的别墅太宽敞了的原因,嫚子就在不少时候会不由自主地生出这样那样的寂寞感来。而且,因为寂寞,嫚子甚至还不止一次地回想起了自己先前在那机关上班时的情形来。尽管上班时难免会被领导检查、难免要受同事监督,收入也实在是太不足挂齿了,可办公室里有时候也真的是很有趣的:譬如,那个爱讲笑话的"矮冬瓜",讲出来的笑话常会叫人笑得连隔夜饭也要喷出来;再譬如,那个总喜欢反季节穿衣服又总喜欢将那些歌星的名字挂在嘴上的"梦女郎",几乎每天一早都会给人带来这样那样或叫人吃惊或叫人捧腹的小道甚至是小小道消息;还譬如……

不过,诸如此类的回想,又并不意味着嫚子将如一些小说中所写到的人物那样,要从此"冲破牢笼"以求得身心的解放了。不,嫚子可毫无那种"横着进来竖着出去"的计划,因为,她深知自己为得到现在这一切所付出的代价之重大,所以她是不会轻易让自己的这段青春及日后的人生夭折的。退一步说吧,没有了那"牢笼"该怎么办呢?难道再去那注定了无法解决个人财政赤字问题的机关上班么?

是的,诸如对先前的生活的回忆,其实不过是嫚子用以消遣眼前那份寂寞的一种生活方式而已。而且,嫚子还很快找到了消遣那份寂寞的更好也更有效的方式方法——写日记。

实际上,写日记是嫚子自进入初中起便已养成的一种习惯。只是,成了海福的太太后,这一习惯也就如嫚子先前的那些衣服一样,被她自然而然又顺理成章地一股脑儿给扔掉了。而现在,嫚子终于又想起了写日记的好处来——它能使人忘却时间和空间,只沉浸在对所写内容的整理、感受和表述之中。

于是,趁一次拉丈夫去商厦买首饰的机会,嫚子便特意去那商

会说话的蚂蚁

厦的文化用品专柜转了转，并一下买了三大本豪华型的精装日记本，然后，她便开始了被她自己称之为"告别寂寞工程"的写日记的工作。

当然，嫚子现在写的日记，是无法与她中学时代和大学时代的那些日记同日而语的。她那时候的日记，是她的生活理想的记录，而她现在该记的，则是那种已由理想变成了现实的生活。因此，嫚子在她的第一本日记本的扉页上，题下的并不是"告别寂寞"一类的言辞，而是"甜蜜的实况"五个大字。接着，她就从自己认识福海的那个夜晚写起……

嫚子的日记写得很顺。由于有的是"甜蜜的实况"，又有的是时间，再加上有的是她那大学本科的驾驭语言文字的水平，嫚子在不到五十天的时间里，便将她认识福海三年来的"实况"写满了两大本日记，计约二十万字！

也就在嫚子忘却了时间和空间，沉浸在对那种"甜蜜的实况"的整理、感受和表述之中的时候，发生了这样一件使我们这个原来极为平直的故事起了波澜的事。这天，也不知是从哪儿得到的地址，嫚子的一位现在异地一家小报供职的大学时的同班同学，按响了嫚子所居住的那幢别墅的门铃。

透过那扇自己没法打开的高级防盗门上的那个小窗口，当嫚子看到门外站着的竟是自己那时候最要好的同学娅妮时，她实在是太惊讶又太兴奋了。而那种久别重逢的激动过后，娅妮却不禁起了疑虑：怎么，你竟没有这防盗门的钥匙？他是不是将你软禁了？

不，不是的，她这是为了我的安全呢。嫚子回答，摇着头。

但娅妮不信：安全？有这样的保安法么？不，你别瞒我了，我猜想你一定过着非人的生活！

嗨，你想哪儿去了嘛，说真的，我过的可是要多幸福就有多幸福的日子呢！

第四辑 别人的聪明

这不可能！这绝不可能……

门外的娅妮坚持自己的观点，她甚至还提出来要打"110"报警，以便将嫚子解救出来。

这时候的嫚子，由于自己无论怎么解释，娅妮横竖都是不信，所以就急得连眼泪都快要掉下来了，而正当娅妮真的操起了自己的手机要拨打"110"时，急中生智的嫚子，忽然想起了自己的那两大本日记来，于是，她就将它们从那防盗门的小窗口里递了出去，同时告诉娅妮：你还是先看看我记下的这些吧，看过之后你再考虑要不要打"110"嘛！

娅妮自然是不可能站在那门外将嫚子的两大本日记看完的。她将它们带到了自己住的宾馆里。此后，她又把它们送到了自己所在的那家报纸的老总面前。接着，经娅妮的再整理，那家原本并无多大影响的小报，便独家刊出了一部令其经济效益扶摇直上的、题为《一个幸福女人的甜蜜回忆》的长篇连载，而且，又经娅妮联系落实，《一个幸福女人的甜蜜回忆》还被一家出版社以八十八万元的高价买断了版权……

嫚子是在娅妮第二次按响她那幢别墅的门铃后得知这一切的。知道了这一切后，嫚子真有些欣喜若狂——真没想到我会在一夜之间便成了大名人！而且，也同样是在一夜之间，我竟已经拥有了那么多的属于自己创造的而不是海福所给予的钱财！

于是，也活该那个还没有在我们这个故事里正式露过面的海福倒霉了。此后不久的一天，在考虑再三又再三考虑之后，嫚子便以一纸"年龄差距及文化层次悬殊，因而感情不和"的诉状，很是轻松地结束了她与海福的婚姻关系。

当然，关于嫚子的故事还没有因此结束——就在跟海福离婚后不到三个月的一天，嫚子又结婚了。这回，跟嫚子结婚的男人，

会说话的蚂蚁

却是一个与她当初刚走出校门时几乎一模一样的大学毕业生。也就是说，他可是一个不折不扣的穷光蛋。为此，嫚子那位最要好的大学同学娅妮很是意外又很是不解，就问嫚子：为什么？你这是为什么呀？

哦，你等着吧，过个一年半载，我就再给你的报纸一部诸如《一个富婆与一个穷大学生的婚姻》之类的长篇连载来吧……嫚子回答。

嫚子这样回答的时候，显得十分的踌躇满志和十分的自得与自豪。

第五辑　对面的女孩

　　这是一间属于人性的客房。你在这里将会明白，无论是对于那位《对面的女孩》，或者是那位《村民单大山》，当然还包括那位曾向你提出过《请我喝杯咖啡吧》的要求的《非常病人》，你只要真正懂得《仇将恩报》，而不是只《惦记》着那块莫须有的《白宝石》，你人性的天空就一定会《阳光依然灿烂》。你的《抉择》真的《就这么简单》。

民警小郑

　　一个普通而平凡的民警，一份真挚又深沉的情怀。显然，那位"表妹"所不要的，实际上并不是民警小郑这个人，而是一种可以让她享用一生的品质。

　　民警小郑长得一点也不民警——他的身高才一米六稍微出头一点点，他的体格嘛，尽管看不出来有什么明显的缺陷，但该长肌肉

会说话的蚂蚁

的地方那东西长得一点也不会比我这个文弱书生多,却也是不争的事实……因此,每回见着他的时候,我总忍不住要这样半玩笑半认真地说他一句:嗨,亲爱的警察叔叔,你今天被坏人抓去过没有呀?

真的,作为已认识多年的朋友,我一直在为民警小郑的安全担着一份心。他是警察,这就注定了他时常要跟这样那样的坏人打交道;而凭他这样一个与其身份极不相符的身体条件,他又怎么能在跟这样那样的坏人打交道时占得力量上的便宜呢?更何况现在的亡命之徒还多得很呢!

但民警小郑却对我的那种担忧或者说是好意很不以为然。他常这样说我道:首先,你老兄这是典型的在以貌取人;第二,我毕竟是学过擒拿格斗的;第三,也是最重要的一点,是光凭我身上穿着的这身警服,事实上就足以给哪怕是最凶狠的罪犯一种强大的威慑力呢!

这样说完,民警小郑还常常会下意识地挺挺他那并不见得怎么结实的胸膛,同时去拉拉他那即使在他坐着时也总是显得挺而又挺的警服的衣角,或者是整整他那原本就戴得一丝一毫都不会歪斜的警帽。对此,我当然是只有在一旁点头的份了。我知道他的自信来自于他始终都对自己的职业怀着一种神圣的感情。我非常欣赏他这一点,其实,我之所以跟他交上朋友,这无疑也是重要原因之一。

也正因为如此,忽然有一天,我便起了要将自己的表妹介绍给民警小郑的念头。

不错,论长相等等的条件,我那表妹其实是想嫁谁就可以嫁谁的,但我还是这样告诉我那表妹道:别看他其貌不扬,只要你真正认识了他,我相信你也就会知道他的可爱之处了。

末了,我还特意加了一句刘德华的广告词:相信我,没错的!

于是,一向都十分信任我的表妹,便高高兴兴地从我那儿要去

第五辑 对面的女孩

了民警小郑的电话，而且很快就跟他约定了"第一次握手"的时间与地点。

可我万万没想到的是，在他们见了一次面后，提出来不想再第二次见面的，竟不是我那表妹，而是这民警小郑！

难道她不配你么？我不禁这样难免气恼地问他。

当然不是。他回答。

那又是为什么呢？

因为她嫌我跟她见面时穿着这身民警制服。

接着他又这样说道：如果她嫌我长得太矮，或者是嫌我的样子不够阳光，或者是嫌我……总之一句话，她无论嫌我什么都可以，就是不可以嫌我的这身带着国徽和警徽的制服！

这样说着，他就又下意识地拉了拉他那即使在他坐着时也总是显得挺而又挺的警服的衣角，同时整了整他那原本就戴得一丝一毫都不会歪斜的警帽……

听了民警小郑的这番话，又体味了一番他的那个习惯性动作之后，我不由得过去重重地拍了拍他的肩膀，同时诚恳地对他说道：对不起，我代表我表妹向你道歉！

我觉得我表妹是真应该向民警小郑道歉的。

村民单大山

"多好的人呀，如果我们的什么长什么长也都能做这样好的人，那该是多好！"读罢这个故事，你也会有这样的感觉与感慨么？

会说话的蚂蚁

市报记者就当下农村的干群关系问题去星火村采访,在问到"你觉得现在的村主任和乡长好不好"时,一个上了年纪但样子还是很壮实的村民,先这样反问记者道:"你要俺说掏心窝子的话吗?"

"当然得说掏心窝子的话呀。"记者回答。

村民于是一边像平时抽旱烟一样吧嗒吧嗒地使劲抽着记者给他的香烟,一边沉着脸嘟哝道:"不好!可真的是咋都没法说好呢!"

接着,不等记者问什么,村民就在深深又重重地吐了一口烟后,数家常一样一桩桩一件件地说起了村主任和乡长的"不好"来——譬如,村主任只知道巴结上级领导,却不知道关心村民生了病有没有去医院看过医生;又譬如,乡长一到村里就只知道让人去抓谁家养的土鸡土鸭下酒,却不知道去看看谁家的口袋里是不是有买化肥农药的钱;还譬如,村主任和乡长嘴巴上都告诉大家伙谁也不准去赌博,却常有人看到他们自己甚至上班时间都会在办公室里打牌搓麻将;再譬如……

听着这村民的"控诉",记者一边忙不迭地在他的采访本上作着记录,一边忍不住摇着头叹着气。

然后,记者忽然想起了网上流传着的一个段子,就套用那段子里的问题问那村民:"老伯我问你——如果村主任和乡长同时掉到了河里,而你手里有着一块石头,你会用它砸哪个呢?"

"咋会有这么好的事呀?"没想到那村民的回答竟跟段子里的回答一模一样。

记者就继续按着那段子的套路说道:"我说的是如果嘛。"

于是,记者便从村民那里再次得到了一个跟段子里一模一样的答案:"他娘的,要真那样还不简单呀,看哪个去救他俩,俺就用那石头砸哪个!"

这真让记者有些哭笑不得。

第五辑　对面的女孩

　　三天后，记者怀着哭笑不得的心情写下的一篇题为《不仅仅是"段子"》的调查报告，在市报头版的"民情观察"专栏中赫然刊出。而令记者和报社领导都怎么也没法想到的是，就在那调查报告发表后的第二天，星火村所属县的县委书记亲自来到报社，说是那调查报告中所说的关于他们县的村、乡干部中存在的问题的内容严重失实，因为仅就星火村而言，昨天傍晚便发生了一个可歌可泣的、能充分证明那里的干群关系是一种鱼水般的关系的真实故事——这样说着，书记就给记者和报社领导出示了一篇由他们县委报道组的报道员刚写好的报道。

　　这篇报道题为《村主任不慎失足落水　村民奋勇舍身相救》，基本内容是：就在昨天傍晚，星火村的王村主任在骑着摩托车外出办事的路上，不小心连人带车一起从村头的那座桥上跌落进河里，见此情形，村民单大山奋不顾身地跳进了足有两米深的河里……读了这篇报道，报社领导一边字斟句酌地就调查报告的事向那书记作着有关的解释，同时命记者第二天再去趟星火村了解相关情况，并向那书记表示：如报道内容属实，市报将及时发表这篇报道，以消除那篇调查报告所可能造成的不良影响……

　　就这样，记者再次来到了星火村。经多位村民证实，前天傍晚，他们村里确实发生了村民单大山救落水的王村主任的事。而让记者再次怎么都想不到的是，那位名叫单大山的村民，居然就是他上次采访过的那个上了年纪但样子还是很壮实的村民！

　　于是，面对面的记者和单大山，就有了这样一番对话——

　　"前天傍晚的事是真的？"

　　"是真的。"

　　"你不是说过村主任真的是咋都没法说好么？"

　　"是真的咋都没法说好呀。"

会说话的蚂蚁

"你不是还说过要是见村主任掉到了河里,而你手里有着一块石头,你就会用这块石头去砸那个救他的人么?"

"俺是这样说过的。"

"看来你说的并不真是掏心窝子的话嘛。"

"俺说的咋就不是掏心窝子的话呢?"

"你不是说归说做归做——你又为什么会奋不顾身地跳进河里去救王村主任呢?"

"那时候俺可没当他是村主任。"

"哦?"

"他是个活生生的人嘛,要是俺不去救他,他没准会淹死呢。"

"哦。"

"对了,你晓得俺把他从河里拖起来后跟他说了啥话么?"

"你说了啥话?"

"俺说:要是看在你是村长的份上,俺才懒得来拖你呢。"

"哦!"

"俺还跟他说:往后你可得好好地做人呀。"

"哦,老伯你说得可真是好呀……"

这天回到报社,记者只跟报社领导说了这样的一句话:"多好的人呀,如果我们的什么长什么长也都能做这样好的人,那该是多好!"

对面的女孩

曾经是个不折不扣的小偷的那个对面的女孩,却让"我"越发觉得她的脸蛋要比张柏芝的脸蛋还要标致,她的眼睛要比赵薇的眼

第五辑　对面的女孩

睛还要迷人。浪子回头金不换。

那时候我正坐在候车室的椅子上打着盹。等车的滋味真叫不好受。不过，在我懒洋洋地睁了一下眼睛之后，我的精神却立刻提了起来。

不知什么时候，我的对面坐上了一位漂亮的女孩。

所谓"窈窕淑女，君子好逑"，面对着这么一位真的是十分漂亮的mm，正处无法坐怀不乱段年龄的我又怎么能无动于衷呢？于是，我便偷偷又细细地打量起她来：约莫二十二三岁的年纪，一张比张柏芝还要标致的脸蛋，一双比赵薇还要迷人的大眼睛，虽然穿着很是普通，甚至可能算不上得体，但……

我猜想这女孩可能是个大学生。我还忍不住从心底里起了要跟她认识的念头。

也就在这时，只见这女孩突然"曜"的一下从椅子上站了起来，接着，她就急匆匆地朝一个染着一头金发的小伙子追了过去，那小伙子此刻正同样急匆匆地在往候车室的大门口跑。

然后我便看见了这样一幕：在追上那小伙子的瞬间，她先是有意无意地撞了他一下，撞过之后，原本是在小伙子裤袋中的一只鼓鼓的钱包，便到了她的手里……

原来她是个小偷！

这可是我连做梦都想不到的。当然，此时此刻，一声无比愤怒的断喝早已从我嘴里脱口而出："抓小偷！"

但在我的喊叫声中，跑的竟然是那个染着一头金发的小伙子，而不是她。

她不但没跑，还转身来到一位正在看热闹的农民模样的中年妇女面前，一边将手中的钱包交给那中年妇女，一边问："大婶，这是你的钱包吧？你看看里面有没有少什么。"

这时候，车站派出所的民警已来到现场。

于是，在派出所里，我便真正认识了那个女孩：她曾经是个不折不扣的小偷。她还因此坐了整整一年的牢。今天是她出狱的日子……

"也许我该和大家一起把那个染一头金发的人抓起来才对，而不是仅仅将他偷的钱包'偷'回来。"最后，面对着中年妇女的千恩万谢，那女孩显得有点不大好意思地这样说道。听她说这话时，不知怎的，曾无比愤怒地冲她大喊"抓小偷"的我，竟越发觉得她的脸蛋要比张柏芝的脸蛋还要标致，她的眼睛要比赵薇的眼睛还要迷人了。

就这么简单

奇怪的应该不是阿猫、阿狗们会把一件简单的事情想得那样的复杂，而是生活中有不少原本简单的事情，确实是会变得那样复杂的。保持简单其实也并不容易。

跟哥们说说这一个月你在那边的故事吧！

从 F 市出差回来，在专门为我设的洗尘晚宴上，阿猫、阿狗他们一边一个劲地劝我喝酒喝酒喝酒，一边满是某种期待地向我提出了这样的要求。

于是，我便在很爽快地又干了一杯的同时告诉他们：还真有故事呢——为了节省开支，这一个月我只住了一夜宾馆，以后就租了

第五辑　对面的女孩

一间民房住。

租民房住？好，有戏，有戏！

在听了我的开场白后，阿猫、阿狗他们就个个都一下子兴致勃勃起来，阿猫还将酒杯悬在半空中这样问我：你老兄租的是什么样的民房呀？应该有一位很漂亮的老板娘吧？那老板又是不是个武大郎式的人物呢？

我租的是一位22岁的女孩的套房中的一间屋子。我如实相告。

女孩？才22岁？还是套房？哇，有好戏，有好戏！

这回，阿猫、阿狗他们是连酒都不想喝了——他们全都立刻停了手中的动作和嘴边的话语，只顾着向我射来齐刷刷又热辣辣的目光，这其中，阿狗还短着舌头冲我叫道：就……就是说，你老兄和……和那女孩一起住……住了29天？！

我老老实实地点了点头。

于是，阿猫、阿狗他们几乎是要疯了，纷纷瞪圆了似醉非醉的眼睛催促着我：快接着讲接着讲接着讲，快讲讲过程，快讲讲是你先进了她的房还是她先进了你的屋，最好快讲讲有关的细节……

这让我有些忍无可忍，就及时制止阿猫、阿狗他们道：你们这些家伙怎么尽想些乱七八糟的事呀！那29天，我只是租了那女孩的一间屋子住嘛。

就这么简单？阿猫、阿狗他们显然不相信。

我很是干脆地回答：就这么简单。

可阿猫、阿狗他们无疑还是不相信：真的就这么简单？

当然是真的就这么简单。我说，我很是坦荡又很是生气地这样对他们说。

这时候，阿狗却依然对我满脸的狐疑：你是说，你和那女孩真的没发生什么？

会说话的蚂蚁

发生你个头！你以为这世上的人个个都像你一样只长副歪巴肠子呀！我不禁朝阿猫脱口骂了起来。

但阿狗仍不死心：那 29 天……天里，你们——一男一女间，难道就连……连一个有……有意思的细节都……都没有么？

对此，我就先专门清了清嗓子，然后告诉他们：有意思的细节自然有，而且还不少——譬如，一开始那几天，因为怕那女孩出租房子另有目的，同时也怕自己会一时鬼迷心窍，所以，每天晚上睡觉前，我都会用凳子将自己的房门牢牢地顶住；又譬如，同样是在一开始那几天，每当半夜尿急的时候，由于担心出去上厕所有可能会正好碰上那女孩，所以，我就总是拼命地忍着，一直忍到第二天；再譬如，有一天晚上我刚睡下，忽然响起了敲门声……不，根本就不是你们所想象的那回事，而是我在进房睡觉前将手机忘在了客厅的茶几上，所以，那女孩便在发现后给我送来了手机……总之一句话，那女孩之所以要出租房子，一方面是为了增加点收入，另一方面是想平时有一个说话聊天的伙伴；而我，这 29 天的经历，在让我省下了一笔不大不小的开支的同时，更使我体会到了做一个光明磊落的人其实是多么的简单又多么舒心……

就这样，在阿猫、阿狗他们那简直是不可思议甚至是类似于天方夜谭的感觉中，我讲完了我的故事。

也就在这时，我的手机响了，一看，原来正好是那位名叫青青的女孩在给我打电话，于是，我就在告诉她我正在跟朋友们讲我与她的故事之后，将手机交给了阿猫、阿狗他们——我想让阿猫、阿狗他们都听听青青那就跟她这人一样非常非常清纯的声音，同时我相信，阿猫、阿狗他们在听了青青的声音后，便一定会开始相信我所讲的一切都是真的。

真的——真的就这么简单。

第五辑　对面的女孩

非常病人

一个意料之外又情理之中的没病装病的故事，一曲婉娩绵长而动人心魄的渴望关怀的心声。耳畔不由得又响起了那首叫作"常回家看看"的老歌。

"老人家是哪儿不舒服呀？"

坐在我面前的那位头发已至少白了一半的老人，是我这天上午所接诊的第五个病人。病历卡上的资料显示：他叫唐三观，今年七十二岁，家住离我们医院不远的一个居民小区中。令我十分意外又非常纳闷的是，在听了我那应该是很热情又很明确的询问之后，他的回答竟是硬生生的这样一句："我要住院！"

"住院？老人家，您得先告诉我您是哪儿不舒服，我才可以知道您得的是什么病，也才可以知道您究竟是不是需要住院呀。"

在意外又纳闷地同时，我不得不耐心地跟这个名叫唐三观的老年病人解释着。为了安抚他那显然是有些不怎么正常的情绪，我还特意给他倒了一杯水，让他先喝一口。但是，他却一边双手抖抖、嘴唇也抖抖地喝着我递去的水，一边依然只顾着用答非所问的方式这样对我说道："医生，我要住院！"

"求求你让我住院吧，医生！"他甚至还眼神十分殷切、语气更是十分强烈地这样恳求我道。

我可是真有些被他弄得哭笑不得了。我甚至不由得要怀疑他会不会该是我们楼上精神科的病人了。于是我就问他："对了，老人家，

195

会说话的蚂蚁

有没有家属陪您一起来呀？"

他当即摇了摇头。这一瞬间，我还突然发现他的神情很是黯淡，那种似乎是被人看到或说到了他内心的某种痛楚的黯淡。然后，我又听见神情黯淡的他在这样近乎自言自语着："我胸闷着呢。唉，我胸闷得厉害呢！"

"您胸闷？哦，那我就先给您检查一下吧。"

这样说着，我便将信将疑地把这个名叫唐三观的老年病人引进了隔壁的检查室。不过，进了检查室后，他又并没有按我的要求在那张小床上躺下来，而是忽然一把拉住了我的手，同时生怕别人会听到似的悄悄地这样对我说道："医生，实话告诉你吧，其实我也不是真的在胸闷，可我真的很想住院，因为……"

听了这个头发已至少白了一半、名叫唐三观的七十二岁老人那既吞吞吐吐又显然是事前早就准备好了的一番话，我不禁心头一愣又一怔，甚至还有种痛痛又酸酸的感觉……接着，我就心情很是复杂地马上给他开出了一张住院单，住院的理由为"胸闷待查"。

与此同时，为这个头发已至少白了一半、名叫唐三观的七十二岁老人的住院，我还专门陪他去了住院部，并跟那里的同事作了如此这般的一番特别交代；接着，我又按他的请求和他所提供的号码，分别给他的两个儿子和两个女儿打了电话，将他住院了的消息及时通知了他们……

这之后，每天中午和下午从门诊部下了班，我便都会专门去住院部看望这个头发已至少白了一半、名叫唐三观的七十二岁老人，就像他不是我的病人而是我的家人一样。在那里，如果他的儿子、媳妇和女儿、女婿们都不在，他就每次都会精神矍铄地一个劲跟我谈天说地，聊家长里短，论国内外新闻，甚至是讲各种各样的笑话，当然，同时也不会忘记笑嘻嘻地一再对我说"谢谢"，总之是根本

第五辑　对面的女孩

不像一个病人的样子；而要是遇上有他的儿子或媳妇、女儿或女婿他们在，他又每次总会情态很是逼真地一会儿跟他们说自己正头疼得厉害、一会儿又对他们道自己实在是心慌得严重，反正是一副确实有病、也确实是非常需要和应该住院的样子，然后，他就会神色十分安然和舒泰地或者是接受他们那动作很是细腻又很是到位的按摩，或者是享用他们那专门给削了皮、然后一直送到了他的嘴边的苹果，或者是与他们热烈又和谐地讨论家里的油盐酱醋之类的问题，或者是殷殷又静静地听他们那关于孙子或关于外甥女的读书情况的介绍与汇报……

哦，你看看，这个头发已至少白了一半、名叫唐三观的七十二岁老人，可千真万确是个非常病人呀！

就这样，这个头发已至少白了一半、名叫唐三观的七十二岁老人，住院已快有一周的时间了。这天中午，因为觉得这样下去实在也不是个办法，而且还真的很不是滋味，所以，从门诊部下了班，我便连中饭都顾不上吃，就直接又去了住院部——在那里，我先是与住院部的同事一起，将这个头发已至少白了一半、名叫唐三观的七十二岁老人叫进办公室，你一言我一句地劝他还是尽可能早一点结束自己那种"非常病人"的生活，接着，我就再次给他的两个儿子和两个女儿打了电话，并将他们也一起约到了住院部的办公室里，然后就把导致老人住院的真正"病情"告诉了他们……

"什么，原来我爸他住院并不是真的有病，而只是想让我们能经常来看他和陪他？！"

"是的，那才是老人家住院的真正原因！不过，难道你们没发现或者说是不觉得那是一个非常真实又非常充分的理由么？！"

没错，想让儿女们能经常来看他和陪他，那便是这个头发已至少白了一半、名叫唐三观的七十二岁老人当初跟我说的"因为"后

197

面的全部内容，当然，这也是我最终明知他根本就没有什么病，但还是同意和安排他住了院，并在他住院后经常如看望一个家人一样地前去看望这个"非常病人"的全部原因。

非常邻居

"我"眼里的一对"小夫妻"，原来并不真的是小夫妻；人与人之间的关系，原来真的可以是这样的纯洁与美好。是的，这是一个关于纯洁与美好的故事。

我的对门邻居是一对小夫妻。

这之前，我的对门邻居是一对老夫妻。半年前，这对老夫妻被他们的儿子接走了，于是就新住进来了这对小夫妻。

因为有着要把现在住的这套房子卖掉，然后去买套新房子住的想法，所以，在这对小夫妻住进对门没几天，我就借着一次正好和他们同时出门去上班的机会，边下楼梯向他们打听道："你们这房子的买价是多少呀？"

"我们这是跟房东租的呢。"他们几乎是异口同声地这样回答我道。

原来如此。想想也是的，现在的年轻人可真叫不容易，房价那么高，工资却不可能怎么多，所以，对他们来说，想靠着自己买一套房子（即使是二手房）住，还实在是有些吃力甚至是有些不可能呢——不是说不少的年轻人如今都在"裸婚"么？实际上，他们也大概是只能"裸婚"呀。

第五辑 对面的女孩

我想我对现在的年轻人应该是理解的。至于对这对邻居的小夫妻,在知道了他们原来是在租房住之后,我甚至还不由得在理解的同时又多了一种同情的感觉。

不过,随着时间的一天天推移,对这对邻居的小夫妻,我更多的感觉却已不再是那种理解和同情了,而是一种真诚的祝福,甚至还不免有些羡慕——看着他们总是有说有笑地一起上班,又同样是有说有笑地一起下班,还常常是有说有笑地一起去买菜,去散步,去打羽毛球,去……我相信,尽管他们的物质生活也许还实在是算不上富足的,但是,他们那种小夫妻的日子,却一定是过得十分的美满和幸福的,而美满和幸福,不就是生活中最最重要,也是最最值得人们去重视并珍视的么?

所以,虽然在很长的一段时间里我还并不知道住在对门的这对小夫妻的名字——这大概也是现代都市人生活中最应该反思又最有必要改变的一种现状了,低头不见抬头见的楼上楼下、左邻右舍的人,居然大都并不知道对方姓甚名谁——但是,在平时,我却一直都把他们放在了心上,而且,每当在所难免地要为一些油盐酱醋、鸡毛蒜皮的小事而跟家里人怄气或者是闹别扭的时候,我就常常会暗暗地告诫自己一定要向住在对门的这对小夫妻学习……说真的,这对邻居的小夫妻,会让我不时地想起自己那早已远逝了的新婚宴尔时的那种和乐与满足。我还有着一个很是强烈的愿望,那就是要找一个合适的机会与借口,去敲开邻居的这对小夫妻的门,去更贴近又更真切地感受他们……

不过,最终还是他们先来敲我家的门了。

那是一个刮着很大的风又下着很大的雨的夜晚。那时候我们一家人都早已睡下了。突然,我被一阵砰砰砰的敲门声惊醒。见我打开了门,站在我家门口的对门那个年轻人,就急切地对我说道:"真

199

会说话的蚂蚁

不好意思这么晚了来打扰您！是这样的：阿慧她突然拉起了肚子，叫她去医院她又不愿意，硬说是不要紧的，所以，我想问一下不知您家是不是有像小檗碱这样的药……"

我便连忙从家里找出来所有能治拉肚子的药给了他。

第二天，我才刚起床，就又听见了笃笃笃的敲门声，打开门，肩并肩站在那儿的那对住在对门的小夫妻，就不约而同地连着跟我说了三声的"谢谢"，然后，他们便像往常一样有说有笑地上班去了。

望着他们转身离开的背影，听着他们渐渐远去的脚步声，我那种祝福中包含着羡慕的感觉，又油然而生……

时间就这样过去了一天一天。

这天是星期天，一大早，门外便传来乒乒乓乓的声音，我打开门一看，只见住在对门的那对小夫妻正在出出进进地往外搬着一箱一箱的东西。

"怎么，你们要搬家了？"我不禁脱口问那刚搬下去一个纸箱子后又回到了楼上来的年轻人道。

"不是，是阿慧要搬家了。"他这样回答。

"是阿慧要搬家了？"

见我一副莫名其妙的样子，他又补充道："哦，阿慧过两天就要结婚了呢。"

"阿慧过两天就要结婚了？"

我无疑是更加的莫名其妙了，就忍不住有些前言不搭后语地想继续问他："你们……你们不是……你们难道……"

这时候，他终于有些恍然大悟似的先是爽朗地哈哈哈笑了起来，然后这样告诉我道："哦，看来您是一直把我们看成夫妻了呀。其实呢，我们只是合租了这一套房子住——也就是我租了其中的一间，阿慧也租了其中的一间。当然，客厅、厨房、卫生间是我们共用的。

第五辑　对面的女孩

又当然，我们也早已成了最要好的朋友呢！"

"这……"一时间，除了惊诧，我实在是不知道还有别的什么词能概括和形容我此时此刻的那种感觉了。

可不是，虽然我一直都自认为是很理解现在的年轻人的，但在终于知道了住在我家对门的原来竟是这样的一对"非常邻居"之后，我还是觉得那样的不可思议……

与此同时，我突然发现自己已经老了。

仇将恩报

在看过、听过太多的恩将仇报的故事后，这个属于仇将恩报的故事，特别是那位名叫林天虎的农民工兄弟，一定会让你感受到一种浓而又浓的温暖。

一直到火车都到站了，林天虎和他的两个老乡还在口口声声不停地骂着他们的老板张阿金。

说起来，那个名叫张阿金的老板也实在该骂——林天虎他们背井离乡，辛辛苦苦地给他打了一年工，可临到回家过年的时候，他竟以这样那样的理由，最后还干脆采用了东躲西藏、让你见不着他人影的办法，硬是扣着他们每人一万元的工钱不发！

"这家伙简直不是人！真恨不得叫他吃拳头……"

现在，林天虎他们已骂骂咧咧地下了火车，来到车站广场边的一家快餐店门口。他们还要坐半天的汽车，再走半天的山路，才能到家。所以，他们准备先将肚子填饱。

会说话的蚂蚁

也就在这时，一个十二三岁的男孩从不远处飞奔过来，一把拉住了林天虎的衣角，眼泪汪汪地哀求说："叔叔，叔叔，你送我回家吧！"

"是你——小明？！"看清楚这男孩的面貌后，林天虎他们都不由得一下子愣住了。然后，林天虎就问那个名叫小明的男孩道："你怎么会在这里？"

原来，这个名叫小明的男孩，是林天虎他们的老板张阿金的儿子，他之所以会在这里，是因为他在自己家附近的一家网吧上网时，听信了两个不怀好意的所谓网友的话，就跟他们一起坐火车到这里玩来了，结果，在将他身上带的钱半骗半抢完了之后，那两个人便不见了踪影……

"活该！"在听完了小明的叙述后，林天虎的那两个老乡不禁有点幸灾乐祸。接着，他们就自顾自走进了那快餐店，同时催促着林天虎："别理他，快进来吃饭吧，不然，今天就到不了家了呢！"

一时间，林天虎也真想不去理睬那小明——谁叫他父亲那么无情、那么可恶呀！

不过，在朝那快餐店里面走了两步之后，林天虎还是转过了身来，边摸出自己口袋里的钱数起来，边安慰眼泪汪汪的小明道："还好，叔叔身上的钱正好够买两张车票。"

"你还真要送他回去？"两个老乡很是不解又很是不悦地问林天虎。

"总不能……总不能叫他一个人在这里干哭吧。"林天虎这样回答，"再说，不见了小明，张老板一定急得很呢。"

这样说着，林天虎便向小明问了他爸爸的手机号码，接着就走到店门口的公用电话旁，拎起听筒，嘀嘀嗒嗒拨通了老板张阿金的电话，说："喂，张老板吗？我是林天虎呀，你家小明和我在一起呢。"

第五辑 对面的女孩

"你——你想怎么样?你……"听得出来,电话那头的张阿金真的急得不得了,他还显然是以为儿子小明被林天虎绑架了什么的呢。

林天虎就笑着告诉他:"张老板你放心吧,我是在火车站遇到的小明,我这就去买车票送他回家来,再过半天后,你到火车站接他吧……"

然后,林天虎便不顾那两个老乡的反对,拉起小明的手,朝火车站的售票处走去……

林天虎同着小明下火车时,已是晚上。

在火车站的出口处,在那明亮如白昼的灯光里,当张阿金见到自己的儿子小明和林天虎后,他竟置儿子于不顾,只顾一把拉住林天虎的手,一个劲地说着:"谢谢!谢谢!谢谢!"

然后,他就从随身带着的包中摸出来一叠钱,放进林天虎的手心,说:"林兄弟,这是两万块钱,一万块是付给你的工钱,另外那一万块是……"

林天虎却打断了他的话头,说:"张老板,你该再加一万块给我才是。"

"行行行!"张阿金一边不住地点头答应着,一边就很爽快地又给了林天虎一叠钱,同时他还自言自语道:"应该的,林兄弟你这是救了我家小明呢,我应该再多给你一点谢酬的。"

但这时的林天虎却这样告诉张阿金道:"张老板,你现在已付清了我和我那两个老乡的工钱,我希望你欠别的工友的工钱,也都能这样一一付清,因为,那可是大家伙的血汗钱呢……"

说完,林天虎就一边小心翼翼地将手里的钱放进自己的包中,一边摸了摸身边的小明的头,接着便转身朝火车站的售票处走了过去。

老　人

　　那位名叫杨老伯的老人最终还是走了，但他留给阿根、铁蛋、小牛们的，除了他曾经讲过的那些动听的故事，肯定还有他的乐观、豁达、善良……

　　老人已是个千真万确的老人了，你看他的头发：雪一样的白，哪怕是用显微镜，也很难从中找出来一丁点的黑色；你再看他的嘴：两片厚厚的嘴唇早已成风干的腊肉模样，总是破门板般合不拢的两唇间，自然也不可能再见着牙齿的踪影；还有他走路的样子：慢腾腾又颤悠悠，一步要一停顿，一步要一摇晃，一步要一喘息……

　　事实上，老人已快八十岁了。所以，认识他的人便都会说：哦，杨老伯到底是老了呢，看来……

　　看来我该入土了，是不？不，我还没活够呢！我还没尝尽活着的滋味呢！杨老伯却一点都不肯认老，他总是这样对别人说。

　　说完，杨老伯还会朝别的那些只知道整天眯着眼睛晒太阳的老人摇摇头，然后就慢腾腾又颤悠悠地找阿根、铁蛋、小牛这些十来岁的孩子去了。

　　很长时间以来，虽然走路都要一步一停顿、一步一摇晃、一步一喘息的，但杨老伯无疑已成了阿根、铁蛋、小牛这些十来岁的孩子中的一员。

　　杨老伯常常给阿根、铁蛋、小牛这些十来岁的孩子讲故事，讲他经历的或者是听来的故事。

同样，阿根、铁蛋、小牛这些十来岁的孩子也常常给杨老伯讲故事，讲他们经历的或者是听来的故事。

这过程中，杨老伯会和阿根、铁蛋、小牛这些八九十来岁的孩子一起笑呀笑，直笑得那早见不着牙齿踪影的嘴巴成"O"字形状……

而且，阿根、铁蛋、小牛这些八九十来岁的孩子早已不再叫杨老伯"爷爷"，大家都口口声声叫他"狗娃子"。

狗娃子是杨老伯八九十来岁时的小名。

为自己又成了八九十来岁时的"狗娃子"，已快八十岁了的杨老伯是乐得更加的合不拢嘴了，他还常常会情不自禁地这样对那些只知道整天眯着眼睛晒太阳的老人说：你们呀，也真叫有福不会享、有糖不懂吃呢！

然后，杨老伯就不由自主地脱口哼起了阿根、铁蛋、小牛这些八九十来岁的孩子新教他的那首歌曲来——

跟我走吧

天亮就出发

……

就这样，已快八十岁了的杨老伯在尽情地尝着活着的那种滋味，直到昨天。

是的，昨天——昨天，杨老伯到底走了。

杨老伯是在阿根、铁蛋、小牛这些八九十来岁的孩子那"狗娃子狗娃子狗娃子"的呼唤声中走的。

更重要的，杨老伯是含着很满足、很愉快（当然还有那么点不舍）的微笑走的。

惦 记

　　一种至死不忘的惦记里，是一份非外表而是内在的善良。于是，什么样的恩怨也就都可以化解。甚至，什么样的灾难也就都能够变作美好的回忆。

　　这已经是李小龙跟随那队解放军官兵挖掘的第八片废墟了。

　　地震发生后，因为当时正好没待在屋子里所以幸免于难的李小龙，便一直跟着这队第一时间来到镇上的解放军官兵，含着泪做着抢救乡亲的事。让李小龙感到十分高兴和宽慰的，是他已经和那队解放军官兵一起，成功地从一座又一座倒塌的房屋中，救出了七十八岁的阿旺大爷、邻居祥生家五岁的儿子豆豆、远房侄子永根那已有六个月身孕的媳妇兴宝，还有……

　　李小龙很希望在眼前的这片废墟下还能见着大难不死的镇上人。

　　李小龙便顾不得自己的两只手早已经鲜血淋漓，只是紧咬着牙，和那队解放军官兵一起，一个劲地在那堆残墙断壁中刨呀刨……

　　"小龙兄弟，我家大毛还压在下面呢，你可一定要……"

　　这时候，李小龙的耳边突然响起了这样一个带着哭腔的声音。

　　于是，在不由自主地回过头去看了王大毛的老婆一眼后，李小龙也忽然想起来了——对啦，这儿不是王大毛的家吗！

　　这同时，李小龙不禁一时间停止了刨的动作。

　　李小龙当然认识王大毛。李小龙与王大毛实在是太熟悉了。而且，李小龙与王大毛不仅是熟悉，还……

第五辑 对面的女孩

就在三天前,李小龙与王大毛还吵过一架呢。

为了500块钱,王大毛曾在一年前跟李小龙借过500块钱,三天前,李小龙由于家里的房子想翻修,就去跟王大毛要那500块钱,可这王大毛竟先是声称自己并不记得曾向李小龙借过钱,接着又说就是真的借了也肯定早已经把那钱给还了,而说到最后,他甚至还这样告诉李小龙道:"你听着,我王大毛是要钱没有,要命有一条……"

你看看,这王大毛竟是这样的一个人!

你看看……想起这些,李小龙就不禁起了转身走人的念头。

但李小龙并没有真的转身走人。

在经过了片刻的犹豫之后,李小龙甚至还狠狠地自己打了自己一个嘴巴。

然后,李小龙便一边自言自语着"不就是500块钱嘛不就是500块钱嘛",一边使出更大的劲,在身下的那片废墟上刨了起来……

大约半个小时后,李小龙再次见着了王大毛。

这时候的王大毛已经永远地闭上了眼睛。

看着血肉模糊的王大毛,李小龙就也不由得紧紧地闭上了眼睛,同时,他的脸上淌满了泪水……

这之后,泪眼蒙眬的李小龙忽然听见正在给王大毛整理遗体的解放军在说:"看,他手心上写着字呢!"

紧接着,李小龙又听见了那解放军读出来的写在王大毛手心上的那句话:"我欠李小龙500块钱……"

听了这话,就像当初听到那仿佛是天塌下来了的地震声一样,李小龙不禁一时呆成了一截木头的模样。然后,李小龙便不顾一切地踉跄着扑向了王大毛,接着,只见他一边紧握着王大毛的手拼命地摇着,一边声嘶力竭地冲王大毛哭喊着:"你这个傻瓜,不就是500块钱吗!你这个傻瓜,不就是500块钱吗……"

会说话的蚂蚁

这样摇着、哭着、喊着、喊着、哭着、摇着,李小龙就晕倒在了王大毛的身边。

送花姑娘的情人节

一束鲜花里散发着一份暖暖的关怀。因此,重要的并不是故事将是如何的曲折,甚至也不是生活会是怎样的艰辛,而是只要有感动在,便足以令我们热泪盈眶。

这一天,她几乎跑断了腿。

这一天是情人节。

她是"黄丝带"花店的送花工。

说起来,这一天也是值得她高兴的一天,因为她的工资是按她送花的量来计算的。也就是说,属于那些有情或并不真的有情的情人们的这一天,将毫无疑问是她进这家花店做送花工的半年来收入最多的一天——实际上,在吃中饭的时候,她就已经一边吃着那最便宜的盒饭,一边很有些兴奋地对自己这一天的收入暗自做过了匡算:至少会有30元!

哦,30元呐!当然,在这天,30元钱不过是这个花花绿绿的城市中的两朵玫瑰花罢了,但对她说来,对远在千里之外的大山深处的她的家说来,30元钱却等于母亲一个一个地从鸡屁股里抠出来的满满一篮子的鸡蛋,等于父亲一锄一锄地打黄土地中翻出来的可供一家人吃上整整一个月的红薯呢!

想到自己的父母和家,她便觉得那一趟连一趟的送花的路走起

第五辑　对面的女孩

来很是踏实也很是轻松。她甚至还在嫌让她送花的人还不够多。她宁愿这样捧着一束不属于自己的鲜花一回接一回不停地走呀走，从城东走到城西，从楼底走到楼顶，从天明走到天黑，哪怕脚底磨出血泡，哪怕衣衫浸透汗水，哪怕累得筋疲力尽……

不过，从内心深处讲，这一天，她的感觉又并不全是高兴。她已经22岁。她当然也知道情人节是一个什么样的节日。所以，每一回手捧着芬芳馥郁、艳丽欲滴的鲜花上路时，每一回眼看着别人无比欣喜又无比幸福地接过她送去的鲜花时，她的意识中便总会既朦胧又清晰、既无望又满是强烈愿望地跳出来这样的念头：要是这是谁送给我的，那有多好呵！

但那事实上仅是她的一个念头罢了。这一天，虽然可以属于这世上的任何一个人，可事实上，这世上又有多少人并不能拥有这一天呵！

于是，她就只能一趟又一趟地给别人送去欣喜和幸福，只能一回又一回既高兴又并不怎么高兴地做着那将给她带来至少会有30元钱收入的事情。

于是，就在她的脚步中，就在她的汗水里，情人节的太阳已在城市的天空慢慢消失，各色各样的霓虹灯已如怒放的鲜花一般开满大街小巷……

这应该是你今天要送的最后一束花了，你今天也很辛苦，送完你就好好休息吧。此刻，半年来一直都对她很是不错的花店老板娘又将一束鲜艳的玫瑰花递到了她的手中。于是，在习惯性地看了一眼那束花上写着的地址后，她便跟老板娘说了声再见，同时忍不住暗自叹息一声，然后就融进了那霓虹闪烁的城市的夜色之中。

光明街10号8幢102室。现在，她正走在那通往这最后一个目的地的路上。忽然，她的心不由得一怔：这条路怎么这样的熟呀？

会说话的蚂蚁

而在到了这"光明街 10 号 8 幢 102 室"的门口后,她竟没有伸手去敲门,而是下意识地从口袋中摸出了一串钥匙来——原来这是她的住处呀!

她当然要怀疑自己先前一定是看错了送花的地址。她就借着门口的路灯光又重新看了一遍那个地址——

光明街 10 号 8 幢 102 室。李小姐收。

没错,是这个地址,确确实实是这个地址,而自己,不就姓李么?

接着,惊诧万分的她,又从插在那束花中央的那张卡片上,读到了令她热泪盈眶的这样一行字——

祝心想事成!

那是她所熟悉的花店老板娘的笔迹。

抉 择

在这样或那样的抉择里,人性中的自私或无私,会显得这样的一清二楚;人生中的"阳关道"或"独木桥",也会显得如此的泾渭分明。

"你不能去那儿!"他说,说得干脆利落。

"我已经决定了!"她说,说得斩钉截铁。

……

"是不是你们领导要你去那儿的?"不知过了多长时间后,他问她。

"不,是我自己要求去的。"她回答。

第五辑　对面的女孩

"难道你不知道到了那儿后自己也有可能会被传染上么？"

"我知道。"

"知道你还……"

"要是大家都不去那儿，那些病人怎么办？难道就看着他们等死么？"

……

"就算我求你了，求你不要去那儿！"又不知过了多长时间后，他对她这样说。

"那我也求你了，求你不要不让我去那儿！"她却这样对他说。

……

"我们认识已有三年时间了吧？"又不知过了多长时间后，他问。

"差十五天三年。"她答。

"这近三年中，我差不多事事都听你的对吧？那么，你也就听我这一回吧。"

"别的我可以听你，这事不行。"

"这到底是为什么？"

"因为我是护士，因为我的责任就是要和病人在一起！"

……

"你总该为自己、为我、为我们想想呀！"又不知过了多长时间后，他说。

"我不觉得我要去那儿是件对不起你、对不起自己、对不起我们的事！"她说。

……

"你真的非要去那儿不可？"又不知过了多长时间后，他又问她。

"是的。"她这样回答他。

"你都想清楚了？"

211

会说话的蚂蚁

"没错。"

"那好，既然你怎么都不肯听我的，那就你走你的阳关道我走我的独木桥吧！"

"你——"

……

又不知过了多长时间后，她终于一把擦干了脸上的泪水，接着，在往他离开的方向望了一眼之后，她便转过身来，朝着那"非典"病房的方向义无反顾地走去。

遥遥相望

有一种品质叫奉献，有一种思念叫遥望。妈妈虽然就那样默默地走了，但当她那才三岁的儿子长大后，一定会知道并懂得妈妈给他留下了这世上最为宝贵的财富。

"妈妈！我要妈妈！我要妈妈嘛……"

听着才三岁的儿子那带着哭腔的吵闹声，他不由得又一次默默地站到窗前，默默地注视着前方不远处的那幢大楼——那幢在落日的余晖中显得更加的白得耀眼的大楼，是医院的病房，此刻，做护士的妻子或许正在给她的病人量体温，或者是正在服侍他们吃药吧？

与儿子每天早晨醒来和一从托儿所回家来便吵着要妈妈一样，他也无时无刻不在想念自己的妻子。妻子主动要求去危险的"非典"病房工作，已经有整整十天时间。这些天来，虽然他们时常在通电话，但不知道她是不是累了？是不是瘦了？是不是……

第五辑 对面的女孩

忽然，只见他一下从窗前转过身来，抱起儿子便朝门外走去，还边走边对儿子说道："斌斌，爸爸想到一个见你妈妈的好办法了！"

他抱着儿子去的是商业大厦，在那里，他买了一架最好的望远镜。

这之后，儿子每天早晨醒来和从托儿所回来后做的第一件事，便是和他一起，拿起那望远镜站在窗前遥望。

"爸爸，哪个是妈妈呀？"

"喏，那个正在扶一位老爷爷下床的就是妈妈呢。"

"爸爸，那个正在给一位叔叔打针的，怎么这样像妈妈呀？"

"因为她和妈妈一样，都是护士。"

"爸爸，妈妈也能看见斌斌吗？"

"能，当然能。"

"爸爸……"

时间就这样一天又一天地流逝着。因为有了那望远镜，三岁的儿子斌斌已不再总吵着要妈妈了，只是，才三十刚出头的他，却是看上去一天比一天见老了……

这天是他去托儿所接儿子最晚的一天。不过，虽然儿子一路上都在叫着肚子饿，还一个劲地嚷嚷着"我想吃饭，我要吃饭"，但一进家门，儿子却依旧拿起那望远镜直冲窗口，接着便响起了儿子兴奋的声音："爸爸，我又看见妈妈了，妈妈她正在喂一位奶奶吃饭呢！"

"爸爸你也快来看嘛！"由于没有听到他的应答，儿子就又大声说道。

于是他也来到了那窗前，接过儿子手中的望远镜抖抖地放在了眼前，这同时，怎么都没法忍住的泪水，便像决堤的洪水似的，滔滔不绝地涌出了他的眼眶……

因为儿子斌斌已永远都不可能再见着他的妈妈了，因为他刚从

会说话的蚂蚁

妻子的追悼会上回来——为了战胜该死的"非典",今年才三岁的斌斌的妈妈、他那被人叫作白衣天使的做护士的妻子,也不幸被传染上,并就这样默默地走了。

请我喝杯咖啡吧

你可以认为这是个关于"孤独"甚至只是关于"偶遇"的故事,但事实上这更是个关于"理解"甚至是关于"温馨"的故事。

先生,请我喝杯咖啡吧!

听了她明明白白是对我说的这句话,一时间,我真有种丈二和尚摸不着头脑的感觉,因为我并不认识她,而且,我可以百分之百地肯定她也不可能认识我,她究竟是凭什么要我请她喝咖啡呀?

然后,我就自然而然地产生了这样的警觉:她该不会是那种"吃青春饭"的人吧?

于是我便打算立即转身走人。

不过,就在我真要转身的瞬间,我却又突然改变了主意。因为,我觉得她身上实在看不出来那种"吃青春饭"的人的蛛丝马迹。真的,她的眼睛既是那么的忧郁又是那么的清澈呵,我又怎么可以忍心拒绝有着这样的一对眼睛的人提出的请求呢!再说,事实上我自己也早已经在这条热闹而又冷清的大街上漫无目的地"游"累了,也很想端起一杯热热的咖啡,去那种香醇的苦涩中寻找某种慰藉或者是解脱或者是……

我们于是便一同走进了不远处的那家"温馨咖啡屋"。

第五辑　对面的女孩

我们也就这样认识了。

她说她叫可儿。她说她今年 22 岁。她说她父亲是下岗工人母亲也是下岗工人。她说她是三年前的一个中专毕业生。她说她现在在某某公司的公关部工作。她说她……她还说，她近来常常受到公司老总的骚扰甚至是威逼，而她的父亲和母亲，竟不止一次地暗示甚至是直截了当地要她不顾一切去"攀紧"公司老总这棵大树！

我有一种正陷身于滔滔洪水之中的感觉，我不知道我还能不能上得了岸，我实在是好孤独好害怕……在悄无声息地抿了一小口侍应生刚送来的咖啡后，可儿又这样对我说道，同时，她那忧郁又清澈的眼睛中闪起了潮湿的光芒。

她原来是这样的一个人呀！听了可儿的那一番诉说之后，我一时竟忘记了去喝手中那杯已送到了嘴唇边的咖啡。然后，我不由得很是冲动地一把抓住了可儿的一只手，告诉她：你不用怕，只要你坚定又坚强，那滔滔洪水最终是一定会变成落花流水的！

真的，没准你还能成为"抗洪英雄"呢！最后我又加了这样一句。

这时候，可儿不禁"扑哧"一声笑了起来，十分好看地笑了起来。她显然是被我最后说的那一句话给逗笑的。而看到了她的笑，我当然也很开心……

就这样，我和可儿朋友一般地在那"温馨咖啡屋"里坐了大半天的时间。这过程中，可儿很是信任地跟我说了许多她的心事，我当然也跟她讲了许多真心诚意的安慰与鼓励的话。我还这样告诉可儿道：对啦，哪一天你有了自己那称心如意的另一半的时候，可别忘了到这老地方来由你请我喝杯咖啡呵！

天下没有不散的筵席，后来，我便跟可儿各奔东西了，而且，所谓人海茫茫，我至今都没有再见到过可儿。

但我心里一直在惦记着可儿。我惦记可儿，是因为我愿朋友般

会说话的蚂蚁

的为她祝福，祝她真能成为"抗洪英雄"；同时，是因为可儿那"请我喝杯咖啡吧"的举动，使我懂得了友情其实是完全可以去寻找得到的，特别是在你觉得孤独的时候。

是的，现在，当我觉得孤独的时候，我也会去向别人，哪怕是陌生人，提出诸如"请我喝杯咖啡吧"之类的请求。

是的，今后，当你听到别人，哪怕是陌生人，向你提出诸如"请我喝杯咖啡吧"之类的请求时，请不要轻易拒绝。

不要。千万不要。

白宝石

你为什么会被耍？我们的生活中为什么总有人会自觉不自觉地去相信自己原本并不相信的东西？这就是那块莫须有的"白宝石"要引领我们去思考的问题。

白宝石？我只知道宝石有红的绿的蓝的……甚至也有黑颜色的，可从来不曾听说过还有白色的，你老兄有没有搞错呀？

甲便在这个时候卖起关子来：看来你是不想听我的故事？也罢，我就不讲啦。

这样，虽然依旧满腹狐疑，我对甲的故事的兴致却是被极大地调动并增强了起来。我不禁想：这世上或许真有白宝石吧？白宝石会是什么样的呢？甲的那个叫作白宝石的故事又将是怎样的一个故事呢？

于是我就给甲扔过去一支香烟，同时催他：讲呀讲呀，你快讲呀，

第五辑　对面的女孩

我想听你的故事。

甲便不露声色地莞尔一笑,然后边点着我扔过去的香烟,边慢条斯理地讲起了那个被他称作白宝石的故事来……

话说有个男孩,他当时 8 岁,不,或许是 18 岁吧。一天,他在路上见到一个人,总觉得这人有些面熟,但就是一时记不起来他是谁。嗨,他是谁呢?男孩挖空心思地想呀想,可能想了有 3 天,也可能是 3 个月,总之,男孩到最后总算是想起来这人是谁了。原来,这人是男孩家先前的邻居,后来,这人搬走了,搬走已经有两年时间了,所以男孩一时竟想不起来他是谁了。

说到这里,甲没了声音。但甲脸上依然保持着一开始时的那种笑意。这之后,甲笑嘻嘻地摸出来他的香烟,自己叼一支,也回扔给了我一支。

我便赶忙掏出打火机替甲点着了香烟。自然,我自己也点上了。只是,我已没心思去抽烟。我想,甲这是要以香烟助他的故事呢。我又想,讲到现在,里面还没出现白宝石,这说明一切还不过是个引子呢。我还想,接下去的故事才算是真正开始了呢。不知那男孩跟白宝石会是什么关系?或者跟白宝石有关系的该是男孩的那个邻居?

这么想着,我就心情迫切地盼着甲再开金口。

但甲似乎又在卖他的关子了,他只顾笑嘻嘻地抽着香烟,他甚至还笑嘻嘻又悠然自得地冲我吐了个十分圆满的烟圈。

我便有种忍无可忍的感觉,就第二次催甲:你老兄倒是抓紧时间给讲下去呀!

完了,我讲完啦。甲回答,同时又冲我吐出一个很是圆满的烟圈。

我想那时候我的眼睛一定是瞪得比鸡蛋还要圆了:什么?完了?你已经讲完那个叫作白宝石的故事啦?可那白宝石呢?你所讲的这

会说话的蚂蚁

一切中哪有白宝石呀？

针对我这连珠炮似的一连串问号，甲不慌不忙，脸上还是那种笑嘻嘻又悠然自得的神色，同时慢条斯理地对我说道：重要的并不是我的这个故事里究竟有没有白宝石，甚至也不是我所讲的到底算不算故事，而是你老兄虽然心存疑虑却还是兴致勃勃地做了我的忠实听众，你尽管不怎么相信，可事实上又绝对相信地进入了我的圈套！

你——你小子原来是在耍我？！

也许可以这么说。但问题是：你为什么会被耍？我们的生活中为什么总有人会自觉不自觉地去相信自己原本并不相信的东西？

在回赠我如此两个问号后，朋友甲意味深长地看了我一眼，然后嘿嘿笑出了声。